KB015398

쥐뿔도 없는 회귀

쥐뿔도 없는 회귀 19

목마 퓨전 판타지 장편소설

초판 1쇄 찍은 날 | 2020년 2월 17일
초판 1쇄 펴낸 날 | 2020년 2월 24일

지은이 | 목마
펴낸이 | 예경원

기획 | 위시북스
편집책임 | 이은송
편집 | 위시북스

펴낸곳 | 예원북스
등록번호 | 제396-2012-000132호
등록일자 | 2012. 7. 25
KFN | 제1-511호

주소 | 경기도 고양시 일산동구 호수로 646-24 위너스21II빌딩 206A호 (우)10401
전화 | 031-819-9431 팩스 | 031-817-9432
E-mail | yewonbooks@naver.com

ⓒ목마, 2018

ISBN 979-11-365-1456-1 04810
      979-11-6098-833-8 (set)

※ 파본은 구입하신 서점에서 교환하여 드립니다.
※ 저자와 협의하여 인지를 붙이지 않습니다.
※ 이 책은 예원북스와 저작자의 계약에 의해 출판된 것이므로 무단 전재 및 유포, 공유를
   금합니다.
※ 이 도서의 국립중앙도서관 출판시도서목록(CIP)은 서지정보유통지원시스템 홈페이지
   (http://seoji.go.kr)와 국가자료공동목록시스템(http://www.nl.go.kr/kolisnet)에서
   이용하실 수 있습니다.

쥐뿔도 없는 회귀

목마 퓨전 판타지 장편소설

완결

19

WISHBOOKS FUSION FANTASY STORY

Wish Books

쥐뿔도 없는 회귀

CONTENTS

1장
무신(2)

가장했던 감정이 뒤엉켰다.

무신은 큰 소리로 포효하며 막무가내로 손을 휘둘렀다. 아무렇게나 휘두르는 것 같았지만, 그 손짓에는 어마어마한 힘이 실려 있었다.

닿는다면 치명적이겠지만, 닿지 않는다. 이성민은 무신보다 빨랐고 무신보다 강했다.

꽈앙!

뒤에서 밀어 닥친 충격에 무신의 몸이 크게 휘어졌다. 쩍 벌어진 입에서 피가 뿜어졌다.

무신은 핏대 선 목을 움직여 뒤를 보았지만, 이미 이성민은 그곳에 없었다.

'어떻게…… 이렇게 빠를 수가……!'

무신의 얼굴이 일그러졌다.

악몽과도 같은 10년 전의 기억이 계속해서 떠오르고 있었다. 결국, 아무것도 달라지지 않았다. 거의 아무것도 얻지 못한 폐관에서 답을 내놓지 못해 도망쳤을 뿐.

마음을 도피시켜 왼팔의 통증을 잊었는데, 그 통증이 다시 떠오르고 있었다.

꽈아앙!

무신의 몸이 땅에 처박혔다. 지면이 들썩거리고 파편이 튀어 올랐다.

"무신!"

보고 있던 월후가 비명을 질렀다.

그녀는 진심으로 무신을 믿고, 존경하고, 따르고 있었다. 그런 월후였기에 엉망으로 밀리다가 바닥에 처박히는 무신을 보며 비명을 지를 수밖에 없었다.

"너, 사악한 괴물아!"

월후가 땅을 박찼다. 눈부신 백광에 휘감긴 월후가 원독에 가득 찬 눈으로 이성민을 노려보며 고함을 질렀다.

이성민은 거리를 좁혀오는 월후를 힐긋 보았다. 알고 있는 얼굴이다. 태고의 숲에서 만났던 엘프의 사냥조장. 이성민에게 죽은 권존의 딸이다.

월후에게 죽은 아버지를 위한 복수심은 없어 보였다. 레비아스의 인격은 완전히 사라졌고, 잘 단련된 엘프의 몸뚱이는 완전히 월후의 것이었다.

그런 월후가 괴물이라 외치는 것이 우스웠다. 따지고 보면 월후도 만만찮은 괴물 아닌가.

월후가 일으킨 싸늘한 냉기가 공간을 얼어붙게 했다. 기온이 뚝 떨어지고 입에서 하얀 김이 나왔다. 스치는 것만으로 뼛속까지 얼려 버릴 냉기의 장력이 이성민을 덮쳤다.

그 거창한 공격을 상대로 이성민은 창을 가볍게 쭈욱 밀어내기만 했다.

그것으로 충분했다. 그의 머릿속에 있는 모든 무리가 창에 담겨 있었다. 군더더기를 모두 덜어낸 지극히 실용적인 찌르기. 창에 불어넣은 힘은 마주하는 모든 힘을 짓이길 정도로 강맹했다.

냉기가 둘로 갈라지면서 월후와의 거리가 열렸다. 월후의 두 눈이 경악으로 크게 떠졌다.

"월후!"

무신이 고함을 질렀다.

무신이 때린 일장이 이성민의 등 뒤를 노렸다. 장력에 충돌하는 순간, 이성민의 몸이 사라졌다. 그리고 그 너머에 있던 월후가 무신의 장력에 얻어맞았다.

"커읍!"

월후의 입에서 피가 뿜어졌다.

무신의 입이 쩍 벌어졌다.

질풍신뢰로 무신의 옆으로 이동한 이성민은 무신의 허리를 향해 창을 찔렀다.

당황하기는 했지만, 무신은 무신이었다. 그는 옆으로 찌르고 들어오는 창을 오른손으로 낚아채면서 다리를 휘둘러 이성민의 머리를 노렸다.

이성민은 피식하고 나오는 웃음을 삼키며 창을 쥐지 않은 손을 휘둘렀다.

빠악!

둔탁한 소리와 함께 무신의 다리가 뒤로 밀려났다. 무신은 이를 악물며 공중에서 한 바퀴 몸을 돌리며 두 다리를 함께 휘둘렀다.

이성민의 등 뒤에서 아수라가 일어났다. 수라천살공의 아수라파천무가 펼쳐졌다.

꽈꽈꽝!

연이어 터진 타격에 무신의 몸이 허공을 날았다.

무신의 장력에 피를 토하던 월후가 다시 이성민의 뒤를 덮쳤다.

그 움직임이 뻔히 보였다. 이성민은 작은 소리로 용언을 외웠다.

쿠우웅!

머리 위에서 짓누르는 무게에 월후의 입이 쩍 벌어졌다. 그녀는 거대한 압박감을 떨쳐내기 위해 허우적거렸지만, 이어 펼쳐진 용언 마법이 월후의 움직임을 빼앗았다.

빠지지직!

내리 찍힌 빛의 창이 월후의 몸을 꿰뚫었다. 등에서 가슴까지 커다란 구멍이 뚫린 월후가 피를 뿜으며 아래로 추락했다.

"으아아아아!"

그 모습을 보며 무신이 고함을 질렀다.

이래서는, 이런 일이 일어나서는 안 되었다. 10년 전만 해도 우습던 사마련주의 제자가 어떻게 이렇게 강해졌단 말인가. 10년을 보낸 것은 서로가 똑같은데.

바닥에 쓰러진 월후는 흐려진 눈으로 무신을 보고 있었다. 악귀처럼 고함을 지르며 휘두르는 무신의 공격은 저 끔찍한 괴물에게 닿지 않았다. 이성민은 한 줄기 번개가 되어 무신을 농락했고, 그가 펼치는 공격에 무신은 속수무책으로 밀려났다.

월후는 그 광경을 이해할 수가 없었다. 동생인 영매가 말했다. 둘이 힘을 합치면, 틀림없이 종언의 재앙인 귀창을 쓰러뜨릴 수 있을 것이라고. 그것은 영매가 장담한 것이 아닌 신령의 뜻이었다.

그런데, 대체 왜? 그토록 강하고 위대해 보였던 무신은 왜 저리도 약한가. 아니, 무신이 약한 것이 아닌가? 이래서는 안 된다.

월후는 피가 흘러넘치는 배의 구멍을 손으로 막으며 몸을 일으키려 했다.

"제발, 신령이시여……."

월후는 간절한 목소리로 신령을 불렀다.

귀창이 정말로 종언의 재앙이라면, 신령은 틀림없이 답을 줄 것이다. 10년 전에 그 악랄하고 강했던 사마련주를 죽이기 위해 신령이 힘을 주었듯이.

"제발, 제발……."

아무것도 들리지 않는다.

10년 전에 간절히 신령을 찾았을 때, 신령은 그 부름에 답을 주었다. 가슴을 벅차오르게 만드는 찬란한 빛의 힘을 하사하셨고, 종언의 재앙인 사마련주에게서 부조리한 힘을 빼앗았다. 귀창이 정말로 종언의 재앙이라면, 이번에도 신령은 답을 내려주실 것이다.

월후는 엘릭서를 꺼내 상처에 들이부으면서 신령을 불렀다.

월후의 중얼거림은 이성민에게도 들리고 있었다. 10년 전의, 북쪽 설원에서의 일이 자꾸 떠올랐다. 이성민이 보고 느꼈던 것과 사마련주가 겪고 느꼈던 것. 그 기억이 서로 뒤섞이고 있었다.

허우적거리는 무신을 보았다. 그는 믿을 수 없다는 눈으로, 피범벅이 된 입술을 씹으며 계속해서 움직이고 있었다.

그 움직임이 이성민에게는 너무나도 잘 보였다. 무신이 극한까지 익힌 환의 묘리는 이성민의 눈을 현혹하지 못했다.

신령은 이 상황에 개입하지 못한다. 운명에 속해 있던 사마련주와는 다르게, 이성민은 운명을 탈출했다. 그렇게 된 이상 신령은 사마련주와 허주에게 그랬던 것처럼 이성민의 힘을 빼앗을 수가 없다.

'하지만 월후나 무신에게 힘을 부여하는 것은 할 수 있을 텐데.'

그렇게 생각했을 때, 마치 기다렸다는 듯이 하늘에서 새하얀 빛이 떨어졌다.

두 줄기의 빛이 월후와 무신의 몸을 휘감았다.

"오, 오오오오……!"

월후가 탄성을 지르며 몸을 일으켰다. 상처와 피로감이 완전히 사라졌다. 온몸에 활력이 돌았고 힘이 흘러넘쳤다.

월후와 마찬가지로 힘을 얻은 무신이 당황하여 자신의 몸을 내려 보았다.

"이, 이건……?"

"신령, 신령께서 답을 주셨습니다!"

월후가 높은 목소리로 외쳤다.

그 외침이 무신의 흔들리던 마음을 다잡았다. 엉망으로 짓이겨진 자존감이 다시 꿈틀댔다.

그래, 말도 안 된다고 생각했다. 사마련주 본인도 아니고 제자에게 이런 수모를 겪을 리가 없잖은가. 저 말도 안 되는 힘은 무도의 길을 걸어 얻은 것이 아니다. 비열한 요마의 힘이고, 종언의 재앙으로서 얻은 힘이다.

'아주 틀린 말은 아니지.'

이성민은 무신이 중얼거리는 말을 들으며 머리를 끄덕거렸다. 아니, 아예 맞는 말이다. 이성민은 순순히 그 사실을 인정했다.

무신의 외침에 자존심이 상하지는 않았다. '이성민'이 이렇게 강한 이유는 틀림없이 요마의 힘이고, 종언의 재앙으로서 얻은 힘이기 때문이었다.

실제로 이성민의 육체는 학살포식의 것이다. 하지만 무공은, 흑뢰번천은 사마련주의 것이다.

신령의 가호를 몸에 두른 월후과 무신이 뛰어들어 왔다. 이성민은 움직임을 멈추고서 그 둘이 다가오는 것을 느꼈다.

조용히 눈을 감자, 마음이 고요하게 가라앉았다. 증오와 살의를 갈무리하고, 공간 전체를 관조했다. 활짝 열린 기감이 눈을 감아도 모든 것을 느끼게 만들어주었다.

무신과 월후의 움직임이…… 너무 느리게 느껴졌다. 생전 처음 느껴보는 기시감. 하지만 기억 속에는 있었다.

앞으로 한 걸음. 나아간다고 생각했다. 몸이 아닌, 마음이 앞으로 걸었다.

그 순간 어둠이 뒤흔들렸다.

직접 보는 것은 처음이었다.

이성민은 눈앞에 펼쳐져 있는, 끝이 보이지 않을 정도로 긴, 구불구불한 외길을 보았다.

이것이 무엇인지는 마령에게 들었다. 투신전……. 격을 초월한 필멸자들이 도달하는 곳. 육체에 구애되지 않고, 의식으로 연결되어 있는 거대한 세계.

이성민은 자신의 발을 내려 보았다. 투신전으로 향하는 길의 입구에 발끝이 간신히 닿아 있었다.

완전히 각성한 이성민은 투신전에 들어올 자격을 얻었다. 마음먹는다면, 당장에라도 저 길을 걸을 수 있을 것이다.

이성민은 시선을 들어 앞을 보았다. 저 먼 곳에서 허주의 모습이 보였다.

뒤를 돌아보지 않고 달리던 허주의 걸음이 멈추었다.

허주가 천천히 머리를 돌려 이성민을 보았다. 히죽 웃는 허주의 웃음이 보였다. 이성민이 허주를 보듯, 허주 역시 이성민을 보고 있었다.

그 뒤편에 다른 이들이 보인다. 아는 뒷모습이 있었다.

이성민은 자신도 모르게 아랫입술을 씹었다.

사마련주는 가면을 쓰고 있지 않았다. 그는 냉막한 얼굴에 가느다란 미소를 지으며 이성민을 보고 있었다. 그 시선에 이성민은 자신도 모르게 가슴에 손을 얹었다.

창왕의 모습도 보였다. 그는 이성민을 돌아보지 않았다. 그 역시 이성민이 이곳에 서 있음을 느끼고 있겠지만, 창왕은 이성민을 돌아보는 것보다는 그사이에 더 앞으로 나아가는 것에 전력을 쏟고 있었다. 창왕다운 일이었다.

이성민은 돌아보지 않는 창왕을 보며 웃었다. 그리고 사마련주와 허주를 향해 머리를 꾸벅 숙였다.

당신들에게는 너무 많은 것을 받았다. 당신들을 만나, 당신들을 보내고…… 그래서 지금의 내가 있게 되었다.

이성민은 숙인 머리를 들지 않고서 걸음을 뒤로 물렸다.

아직은 아니다. 당장에라도 투신전으로 향하는 길을 걸을 수 있다지만, 아직은 그래서는 안 된다.

허주와의 약속을 지키지 못했다. 살아서, 모든 것을 즐기고, 더 이상 미련이 없을 때 오라고 했다.

아직은…… 하나도 즐기지 못했다. 미련은 잔뜩 있다. 그래서, 아직 갈 수 없다.

걸음을 완전히 뒤로 물렸을 때 길은 사라졌다.

처음으로 보았던 그 풍경은 잊지 않았다. 알고 있는 이들이 걷고 있던 곳도, 그들과의 거리감도 잊지 않았다.

나는 어디까지 갈 수 있을까. 결국 남에게 받은 것뿐인 내가, 떳떳하게 저 길을 걸을 수 있을까.

'그게 미련인 거야.'

조금, 아니, 많이 민망한 일이니까.

'뭐야?'

느끼고 있는 시간이 다르다.

이성민이 투신전으로 향하는 길을 보고 온 동안 무신과 월후는 아직 이성민과의 거리를 좁히고 있었다.

무신은 두 눈을 감고 우두커니 서 있는 이성민을 보며 감정이 격앙되는 것을 느꼈다.

'무시하는 건가?'

감히, 감히. 무신의 얼굴이 일그러졌다.

그의 오른팔에 거대한 힘이 모였다. 무신은 자신의 전력을 오른손에 끌어모았고, 무자비한 일장을 준비했다.

"음."

이성민은 감고 있던 눈을 떴다. 그는 여전히 다른 시간에 있었다.

뛰어드는 무신과 뒤쪽의 월후, 그리고 무신의 손에 모이는 힘의 흐름이 뻔히 보였다.

"이거 참."

이성민은 작은 목소리로 중얼거렸다. 그의 손에 무형창이 쥐어졌다.

팟.

빛이 한 번 터졌다. 서로 다르게 느끼던 시간이 맞춰진다. 괴력난신의 풍압에 월후가 비명을 지르며 뒤로 날아갔다.

쫘아앙!

성벽까지 날아간 월후는 모여 있는 구경꾼들과 멀지 않은 곳에 처박혔다.

무신은 날아가지 않았다. 그의 오른손에 모인 힘은 터지지 않고 그대로 소멸했고, 그 힘을 모아 두었던 오른팔은.

"……엇."

무신은 아무것도 느껴지지 않는 자신의 오른팔을 떨리는 눈으로 내려 보았다.

그럴 리가 없다. 아무것도 보지 못했고, 대응하지도 못했는데. 오른팔이 없었다. 마치 처음부터 그 자리에 팔 같은 것은 없었다는 듯이. 절단면에서는 피가 흐르지 않았고, 팔이 사라졌는데도 통증이 느껴지지 않았다.

"끄, 아아아악!"

하지만 무신은 비명을 질렀다. 사라진 오른팔 대신에, 왼팔이 있던 자리가 미칠 듯이 아팠다. 졸지에 팔을 모두 잃은 무신이 허공에서 몸을 비틀었다.

이성민은 겨눈 창을 아래로 내리면서 무신을 보았다. 무신은 눈을 까뒤집고 비명을 지르고 있었다. 양팔을 잃고 버둥거리는 무신의 몸은, 이런 비유는 좀 그럴 테지만 오뚝이와 비슷해 보였다.

"으으아아아아!"

왼팔의 격통이 너무 심했다. 양팔이 사라졌다는 상실감이 무신을 미치게끔 만들었다.

"무신!"

성문 쪽에서 흙먼지를 뚫고 몸을 일으킨 월후가 외쳤다.

'인간'인 무신은 잘린 팔을 재생하지 못한다. 상실된 신체를 재생하는 마법은 없다. 대단한 신성력을 가지고 있는 테레사조차도 그러한 상처를 재생하는 것은 불가능하다.

[부수는 것이 쉬운 법이지.]

마령이 중얼거렸다.

[인간이 가진 한계이기도 해. 오직 인간만이 영체와 육체가 동일하니까. 격을 뛰어넘는 것은 육체의 한계를 뛰어넘는다는 뜻이다. 인간인 이상, 그 어떤 마법과 신성력으로도 손실된 육체를 재생할 수는 없다.]

알고 있다. 그래서 스칼렛의 눈도, 백소고와 흑룡협의 팔도, 로이드의 다리를 재생하는 것도 불가능한 것이다.

무신 역시 마찬가지였다. 아무리 그의 무공이 고강하다 한들, 무신은 인간이었다.

그는 투신전에 들 자격도 갖지 못했다. 죽음 직전의 창왕이 얻은 깨달음은 무신이 평생을 바쳐 도달한 것보다 높았다.

'아.'

버둥거리는 무신을 향해 다가가면서, 이성민은 깨달았다.

무신을 보았을 때 느꼈던 감정. 그 원한과 증오, 복수심은 이성민 본인의 것이었다.

제니엘라의 영혼을 구속하고, 제미니에게 자비를 베풀었을 때, 이성민은 혈마의 기억에 영향을 받았다. 에레브리사에서 골드 드래곤 로드인 호메루소스와 만났을 때는 허주에게 죽은 케이세로드의 기억에 영향을 받았다.

지금은 아무렇지도 않았다. 사마련주의 기억은…… 이성민에게 아무런 감정적 영향을 주고 있지 않았다.

사마련주를 죽게 한 직접적인 원인이 무신인데. 이성민은 사마련주의 기억을 통해 아무 원한도 느끼고 있지 않았다. 그가 느끼고 있는 원한은, 사마련주의 것이 아닌 이성민 본인의 것이었다.

그것을 알게 되니 참 허망하고 덧없다는 생각이 들었다. 사마련주는 죽음 직전에 무신에게 아무 원한도 갖지 않았다. 차라리 짙은 원한이라도 느끼고 있다면 마음이 편할 텐데. 이성민은 쓸쓸한 기분을 느끼며 버둥거리는 무신을 보았다.

이성민은 사마련주의 기억을 이해했다. 사마련주가 죽음 직전, 무신에게 품은 감정은 연민이었다. 왜 연민을 품었는지도 이해했다.

한때 사마련주와 무신의 성취는 비슷했다. 어느 순간부터 사마련주는 아득히 먼 곳으로 갔고, 무신은 거의 발전하지 못했다. 그에 대한 연민이다. 한때 비슷한 위치에 있었기에 품은 연민.

'본좌가 여기서 너를 죽인다면, 너는 오지 못해.'

사마련주가 무신에게 했던 말. 사마련주는 그때 무신을 죽일 수 있음에도 죽이지 않았다.

그는 내심 무신이 외길에 오르기를 바라고 있었다. 연민과 동정으로나마 그러기를 바라주었다.

'나는 어떤가.'

이성민은 가늘게 뜬 눈으로 무신을 보았다.

"감히, 감히, 감히……!"

무신이 침을 튀기며 외쳤다. 이쪽을 노려보는 눈은 핏발이 가득 서고, 귀기가 가득 차 있었다.

"너, 너 따위가. 감히……!"

목소리가 덜덜 떨리고 있었다. 기워 붙인 자존감은 너덜너덜했지만, 무신은 차마 그것을 완전히 버릴 수가 없었다. 그것을 버렸을 때, 자기 자신이 너무 초라할 것 같아 두려웠다.

무신은 차라리 10년 전에 사마련주에게 죽었어야 했다. 그때 죽었더라면, 오늘의 치욕은 겪지 않았을 테니까.

"조, 조, 종언. 재앙……. 재앙이 너에게 괴물 같은 힘을 주었구나. 그것만 없었어도, 신령, 신령이 나를 더…… 으…… 으으……."

"진심으로 그렇게 생각하나?"

이성민은 더듬거리며 중얼거리는 무신에게 물었다. 그 말에 무신의 어깨가 흠칫 떨렸다.

"내가 쓰는 힘은 요마의 힘이야. 맞는 말이니 부정도 못 하겠어. 그런데…… 이 무공. 이게 정말로 종언의 재앙으로 도달한 힘이라 생각하나?"

"이치…… 에…… 안 맞는 힘이다……. 어떻게 무공이……."

"정말 그렇게 생각해?"

이성민은 다시 한번 물었다.

무신은 입을 꾹 다물었다. 생각하고 싶지 않았다.

그 질문과 그에 대한 답에 대해서는 이미 예전에 도망쳤다. 10년의 폐관. 거듭된 명상. 자기 자신에 대한 질문. 설원에서의 싸움.

알고 있다. 그 힘은 요마의 것도, 종언의 재앙으로서 얻은 힘도 아니었다.

부조리할 정도의 강함. 이치에 맞지 않는 속도.

무신은 바보가 아니었다. 외면했을 뿐. 외면하지 않고 똑바로 본다면, 똑바로 생각한다면…… 알게 된다.

그것은 틀림없는 무공이었다. 부조리하고, 이치에 벗어나 있다고 해도. 극에 닿아 상식을 초월하게 된, 그런 무공이었다.

"난……."

답을 구하고, 절망했다. 한때 호적수라 생각했던 사마련주가 그렇게 멀리 가버렸다는 것에.

비겁한 것은 사마련주가 아닌 무신 본인이었다. 신령은 사마련주의 힘을 빼앗았고, 무신은 사마련주를 죽였다.

'아니, 그때…… 사마련주를 죽인 것은 정말 나였나?'

부풀어 오르는 혼란 속에서 무신은 생각을 잊었고 모든 고민을 외면했다. 생각을 거듭할수록 초라해지는 자기 자신이 싫어 찢어진 자존감을 기워 붙여 만든 가면을 썼다. 고금제일인.

무신은 힘없는 눈으로 이성민을 보았다.

무신의 머리카락은 완전한 백발이 되었고, 그로도 모자라 뚜둑뚜둑 끊어져 우수수 떨어졌다.

주름이 거의 없던 무신의 얼굴에 깊은 주름들이 생겨났다. 꼿꼿이 세웠던 등허리도 구부정해졌다.

무신은 길고 긴 한숨을 내쉬었다.

"……안다……."

삽시간에 수십 년은 늙은 무신이 쉰 목소리로 중얼거렸다. 아니, 그는 더 이상 무신이 아니었다. 자신의 한계를 알고, 발전하지 못한다는 사실에 절망하고, 자존감과 아집으로 자신을 포장하고, 이해를 외면한 노인일 뿐이었다.

"일천이의 힘이…… 요마의 것이 아니라는 것도…… 종언의 재앙으로서 얻은 힘이 아니라는 것도…… 안다……. 그때 내가 죽지 않은 것이…… 일천이의 동정심 때문이었다는 것도……."

"……스승님은 당신을 존중했다."

"그게…… 나를 더 괴롭게 만들었지……. 크…… 크크크……."

무신이 자괴감에 가득 찬 목소리로 웃음을 흘렸다. 그는 여전히 아픈 왼팔을 내려 보았다. 무신은 몸을 웅크리고 흐느끼며 울었다.

"대체…… 나는 무엇이 부족했던 것이냐……?"

절망에 찬 목소리였다.

"재능이 부족하다 여긴 적은 없다. 노력도…… 충분히 했다……. 사명감도 있었다……. 세상, 세상을 구하고 싶었다……."

안다. 종언을 막고자 했던 무신의 마음은 진실이었다.

"한데……. 왜 나는…… 나아가지 못하는 것이냐. 왜, 왜……."

이성민은 설명하지 않고 자신의 기억을 뽑아 빛의 구슬을 만들었다.

무신은 자신에게 다가오는 빛의 구슬을 보며 멍한 표정을 지었다. 그것이 무신에게 닿자, 무신의 몸이 바들거리며 떨렸다.

짧은 순간이었지만 무신은 모든 것을 이해했다. 자신이 외면했던 것과 생각하지 않았던 모든 것들을.

진실을 알게 된 무신의 얼굴이 일그러졌다. 부릅뜬 눈에서는 피눈물이 줄줄 흘렀다.

"하…… 하하! 하하하하! 으하하하하!"

무신이 미치광이처럼 웃었다. 이성민은 고요한 눈으로 무신을 보았다.

"모두, 모두 거짓이었구나. 내가…… 으하하하! 내가 속았어, 내가! 왜, 왜 생각하지 않았는지. 왜, 왜……!"

의심은 줄곧 있었다. 하지만 의심은 쭉 의심으로만 있었다. 그 의심을 확인해 보고자 했던 적은 없었다. 그것조차 신령의 농간이었을까.

무신의 어깨가 들썩거렸다. 그는 실실 웃으면서 이성민을 보았다.

"그래…… 그랬었어……."

무신의 발이 움직였다.

"종언의 재앙은 바로 나였구나."

무신의 몸이 사라졌다. 이성민은 무신의 움직임을 보았으나, 그가 가는 것을 막지 않았다.

이성민은 천천히 뒤를 돌아보았다. 이쪽으로 다가오던 월후의 머리를, 무신의 발이 으깨 버리고 있었다.

"내가 어리석었어⋯⋯."

머리를 잃은 월후의 시체가 아래로 떨어졌다. 죽음의 순간에도 월후는 무신이 자신을 죽일 것이라고는 상상도 하지 못하고 있었다.

무신은 바닥에 떨어진 월후의 시체를 보면서 몸을 돌렸다. 그는 피눈물로 얼룩진 얼굴을 일그러뜨리며 웃었다.

"자네에게⋯⋯ 몹쓸 짓을 많이 했군. 일천이에게도⋯⋯."

이성민은 대답하지 않았다. 웃음을 멈춘 무신은 멍하니 하늘을 올려 보았다. 잠시 하늘을 보던 무신이 중얼거렸다.

"나는 갈 수 없네."

투신전⋯⋯. 무신이 작은 목소리로 중얼거렸다.

"자격도 없거니와 염치도 없어⋯⋯. 창왕⋯⋯ 후후. 그가 그 길에 올랐군. 혹, 나중에 그를 만나게 된다면⋯⋯ 미안하다고 전해주게. 물론⋯⋯ 일천이에게도."

"그러지."

이성민은 살짝 머리를 끄덕거리며 대답했다.

무신은 크게 숨을 삼킨 후, 떨리는 두 눈을 감으며 물었다.

"마지막⋯⋯ 부탁을 해도 되겠나?"

"말해봐."

"자결⋯⋯ 하게 해주게."

그런 부탁을 할 것이라고는 생각하지 못한 이성민이 의외라는 듯 눈을 동그랗게 뜨며 물었다.

"어째서?"

"부끄러움이 많아……. 이…… 덧없었고…… 어리석던 삶을 나 자신의 손으로 끝내고 싶네……."

그 말에, 이성민은 천천히 머리를 끄덕거렸다. 그 정도의 존중은 줄 수 있었다.

"아아……."

나지막한 신음을 흘린 무신의 몸이 크게 덜컹거렸다.

그는 자신의 내공을 사용해 모든 혈맥을 터뜨렸다. 꽉 감은 눈과 코, 귀, 입에서 검은 피가 뿜어졌다.

무신의 몸이 크게 휘청거리더니 아래로 추락했다.

'나는…….'

어리석었다.

무신은 자조 섞인 웃음을 흘렸다.

먼 옛날의 기억들이 스쳐 지나갔고, 땅에 닿기까지의 짧은 시간 동안 무신은 길고 긴 기억 속에서 헤매었다.

처음 무공을 익혔을 때, 사마련주와 검선을 만났을 때. 막연히 고금제일이 되겠다는 바람 속에서 무공에 매진했을 때, 그리고 영매를 만났을 때.

그때부터, 고금제일이라는 막연한 목표를 버렸다. 종언에 대해 듣고, 영매와 함께 세상을 구하겠다는…… 그런 사명을 갖게 되었다.

영매의 소개로 월후를 만났고, 육존자를 모았고, 천외천을 만들어서…….

'아아……'

그것이 무신이 살아온 삶의 대부분이었다. 종언을 막겠다는 목적으로 살아왔다.

오늘 이전까지만 하여도 자신의 행동이 잘못되었다고 생각한 적은 단 한 번도 없었다. 그런 생각 자체가 무신이 살아온 평생을 부정하는 것이었다.

'부질없구나……'

헤매던 기억의 끝에서, 무신은 그렇게 생각했다.

그가 살아온 평생은 거짓이었다. 신령은 그를 기만하고 꼭두각시처럼 부렸다. 종언을 막으려 했지만, 무신이야말로 종언을 바라는 신령의 종이었다. 무신은 큭큭 웃었다.

지면이 가까워지는 것을 본 무신이 두 눈을 감았다.

높이는 높았고, 혈맥을 터뜨린 무신의 몸은 너무나도 약했다. 호신강기조차 없으니 이 높이에서 추락하는 것은 틀림없는 죽음이었다.

이성민은 바닥에 널브러진 무신의 시체를 보며 씁쓸한 기분을 느꼈다.

스승의 원수를 갚았음에도 유쾌한 기분은 들지 않았다. 제니엘라를 쓰러뜨렸을 때와는 너무나도 다른 감정이었다. 사마련주가 그런 것처럼, 이성민도 무신을 동정했다.

무신의 시체를 향해 가볍게 손짓했다. 새카만 불꽃이 일어나 그의 시체를 집어삼켰다.

포식에 대해서도 생각했지만, 무신의 심장은 포식하고 싶지 않았다. 가뜩이나 혼란스러운 기억에 뭔가를 더하고 싶지도 않았고, 사실 지금 이성민의 무위에 그의 무공은 필요가 없었다.

성벽의 병사들과 성문의 구경꾼들은 겁에 질린 얼굴로 이성민을 보고 있었다. 진실을 알지 못하는 그들이 보기에는, 세상을 구하려던 무신과 월후가 잔악한 이성민에게 처참한 죽음을 맞이한 것으로밖에 느껴지지 않았다.

오해는 익숙했다. 그리고, 지금은 설명하는 것보다 다른 일을 하는 것이 먼저였다.

짓이겨진 월후의 시체에서 새하얀 빛이 새어 나왔다.

[으음······.]

마령이 앓는 소리를 냈다.

곧 신령의 빛이 이성민에게 다가왔다.

2장
무신(3)

　무신의 시체가 완전히 타서 재가 될 때까지 오랜 시간이 걸리지 않았다.

　태울 것을 모조리 태운 뒤에 불꽃은 자연스레 꺼졌고, 타고 남은 재는 부는 바람에 실려 먼 곳으로 사라졌다.

　신령의 빛이 빠져나온 월후의 시체가 부글부글 끓더니 예전 형태를 잃은 살덩이로 전락했다.

　이성민은 그 살덩이를 보며 눈가를 찡그렸다.

　엘프의 숲에서 만났던 사냥 조장, 레비아스의 시체. 그녀는 최후까지 자신의 인격을 갖지 못했다.

　오히려 그편이 레비아스에게는 다행이었을 것이다. 제 인격을 가지고, 아비의 복수를 부르짖어 봤자 그녀가 복수에 성공하는 일은 절대로 일어나지 않았을 테니까.

저런 식으로 허무하게, 복수에 대한 생각도 하지 못하고 죽어버리는 것이 레비아스를 위한 일이다.

이성민은 혀를 차며 다가오는 신령의 빛을 보았다.

신령과 직접 접촉하는 것은 이번이 처음이었다. 이 세계의 관리자. 마령과 함께 거대한 운명을 만들고, 운명을 부여하는 존재.

마령이 변절한 지금, 신령은 여전히 운명을 이끌며 종언을 고집하고 있었다.

운명에서 벗어난 이성민은 다른 운명에 휘말리지 않는다. 사마련주와 허주를 죽게 만들었던 신령의 힘은 이성민에게 아무 영향을 주지 못한다.

그걸 알고는 있지만, 신령과 접촉하는 것은 처음이라 긴장할 수밖에 없었다.

마령도 이성민의 머릿속에서 신음을 흘렸다.

"흥미로워."

빛이 웅웅거리며 목소리를 냈다.

"아주, 아주 흥미로워. 너야말로 인간이 가진 가능성의 증명이구나."

그렇게 말하고서, 빛이 바르르 떨렸다. 이성민은 그 떨림이 웃음으로 인한 것이라 생각했다.

"그것이 몇 번이나 거듭된 우연으로 인한 것이라 해도, 그것

또한 가능성이라 볼 수 있겠지. 너 하나로 이번 세상은 의미가 있었다."

신령은 진심으로 그렇게 말하고 있었다.

이성민은 손에 쥔 무형창에 힘을 불어넣었다. 이곳에서 신령을 공격한다면, 죽일 수 있을까. 이 빌어먹을 종언이라는 것을 끝내 버릴 수 있을까.

"그만두거라."

신령이 말했다.

"네 힘이 나의 존재를 위협할 정도로 강력하다는 것은 사실이지만, 이곳에서 나를 해하는 것은 불가능하다."

[단순한 단말이다.]

마령이 넌지시 말했다.

신령의 빛이 다시 바르르 떨렸다.

"공들인 장난감을 빼앗기고 무얼 하는가 했더니. 부질없다는 것은 네가 가장 잘 알 텐데."

신령이 이죽거리는 대상은 이성민이 아닌 마령이었다.

공들인 장난감. 그 표현에 이성민의 뺨이 씰룩거렸다. 풀려나온 괴력난신과 드래곤의 프레셔가 공간을 떨게 만들었다.

"신비로울 정도야. 여태까지의 반복에서 검은 심장은 항상 존재했지만, 이만한 결과를 만들어낸 적은 없었다. 우연이 중첩되고 운명의 가호가 있었다고는 하지만…… 아쉽군. 아주

아쉬워. 허주와 사마련주가 시공간을 탈출한 것이 너무 아쉽다."

만약에 이 세상이 예정대로 종언을 맞이하고, 새로운 세상이 시작된다고 해도. 이성민과 같은 결과를 또 만들어내기는 불가능할 것이다.

이성민을 '저렇게' 만든 것에 가장 큰 일조를 한 것은 허주와 사마련주다. 그 둘은 이번 세상에서 외길을 보아 투신전에 들었고, 김종현과 마찬가지로 시공간을 탈출했다.

종언이 되어 모든 것이 끝나고, 다시 세상이 반복된다고 해도. 그 세상에 사마련주와 허주는 없다.

"……궁금한 것이 아주 많아."

이성민은 드러낸 적의를 갈무리했다. 단말을 부숴봤자 신령 본인을 해할 수는 없다. 게다가, 정말로 신령을 죽여도 되는 것인지 확신이 없다.

[가능 여부를 먼저 따지지 그러나?]

마령의 말은 무시했다.

이 세상은 다양한 이해관계를 통해 만들어졌다.

당장 이성민이 파악하고 있는 것만 해도 정령계, 요정계, 대마계, 거기에 투신전까지. 어쩌면 에리아에 소환되는 이계인들이 속한 모든 차원이 이 세계에 얽혀 있을지도 모른다.

[사실이지. 이곳은 모두가 사용하는 사육장일세. 투신전은 가장 최근에야 끼어들었지만.]

"무엇이 궁금한가?"

마령이 의문에 대답했고, 신령이 물었다. 그 반응이 제법 호의적이라 이성민의 눈썹이 꿈틀거렸다.

"……물어보면 솔직하게 대답해 줄 건가?"

"해주지 못할 것도 없지."

"나는 네 적일 텐데."

"너는 우수한 모르모트다. 이번 세상에서 가장 큰 성과를 보였던 것이 너고, 너의 존재로 인해 나는 '다음'을 즐겁게 구상할 수 있어."

'우수한 모르모트라.'

이성민은 어깨를 들썩거리며 웃었다.

"……왜 무신과 월후를 죽게 내버려 두었지?"

"스승의 원수를 갚았는데 즐겁지 않은가?"

"엄밀히 따지자면 원수는 너지. 그저…… 납득이 잘되지 않아. 그게 거슬려. 여태까지 무신을 싸고돌았던 것은 너였다. 주술로 시도했던 추적을 망친 것도 너였고."

"때가 되지 않았으니까."

신령이 주저 없이 대답했다.

"그 시점에서 네가 무신과 만날 이유가 없었다. 무신 정도로는 자극이 부족하다고 생각했고, 마찬가지로 무신에게도 너 정도는 자극이 부족했어."

"……자극?"

"결과적으로 무신에게는 실망하게 되었지. 따지고 보면 너 때문이로군. 나는 네가 보인 가능성과 성장에 큰 기대를 했고, 무신에게도 똑같이 기대를 했어."

그 말을 통해 이성민은 신령이 그린 그림이 어떤 것인지 알 수 있었다. 자극, 성장. 뻔한 말 아닌가.

이성민은 약하다. 재능도 없고, 재주도 그리 뛰어나지 않다. 제니엘라와의 싸움에서, 제니엘라가 처음부터 진심으로 이성민을 죽이려 들었더라면…… 이성민은 긴 시간을 버티지 못하고 죽어버렸을 것이다.

그것 역시 우연일까. 아니면 신령의 바람이었을까. 제니엘라는 이성민을 바로 죽이려 들지 않고, 절망을 주기 위해 가지고 놀았다. 결과적으로 그 일은 허주가 투신전에 들게 만들었고, 이성민을 각성시켰다.

"그것으로 제니엘라는 모든 역할을 수행했다."

"……만약 내가 제니엘라에게 죽었다면?"

"그렇다면 대신 무신을 사용해 보았겠지. 아마, 무신도 제니엘라에게 죽었겠지만."

신령이 웃으며 대답했다.

신령이 무엇을 바라고 있는지 알았다. 놈이 바라는 것은 단순했다. '성과'다.

여태까지 반복되던 세상과는 다르게, 이번 세상에는 변수가 너무 많았다. 결과적으로 이번 세상은 여태까지와는 전혀 다른 방향으로 나아가는 것에 성공했다.

　"고맙다."

　그 감사는 누구에게 전하는 것일까.

　"덕분에 좋은 성과를 낼 수 있었다. 너와의 싸움으로 무신도 벽을 넘었다면 아주 좋은 성과로 남았겠지만, 안 되는 것은 역시 안 되는군. 검은 심장이 없다고 해도 무신에게는 뛰어난 재능이 있으니, 어쩌면…… 이라고 기대했건만. 열등감과 자존감이 무신의 발목을 잡았어. 하지만 '다음'에는 기대해도 되겠지. 그때에는 무신에게 열등감을 주었던 사마련주가 존재하지 않을 테니까."

　자조 어린 웃음을 지으며 자결하던 무신을 떠올린다. 최후의 순간에 자신이 꼭두각시임을 알았던 무신은 어떤 생각을 했을까.

　"월후는 말할 것도 없지. 월후는 무신을 보조하는 역할이 전부였고, 무신을 자극하기 위해 준비한 그릇이었으니. 이 정도면 질문에 대한 대답으로 만족스러운가?"

　"……왜…… 위지호연을 빼앗았지?"

　"쓸 수 있다고 생각했으니까."

　신령이 곧바로 대답했다.

"위지호연과 너의 관계는 안다. 너는 절대로 위지호연을 내버려 둘 수가 없어. 그럴 수가 없지. 네가 가진 감정은 둘째 치고, 네가 위지호연을 무시한다면 그녀가 이 세상을 끝내 버릴 것이다."

위지호연뿐만이 아니다.

"너는 많은 것에 얽혀 있어. 너 혼자서 운명을 탈출하는 것은 가능하지만, 다른 이들은? 그들을 버릴 수 있는가?"

없다.

"대미(大尾)를 장식할 때가 되었다. 어떤 식으로든 결말은 날 터. 잠자는 숲으로 오거라. 길은 열어줄 터이니……."

신령의 빛이 반짝거렸다.

사라지는 빛을 향해 이성민은 무형창을 쏘았다.

빠아앙!

공간이 터지며 빛이 완전히 소멸했다. 단말을 소멸시켜 봤자 신령에게 피해를 줄 수 없다는 것은 알았지만, 단순한 화풀이였다.

"개새끼."

이성민은 신령이 사라진 자리를 보며 욕설을 내뱉었다. 그는 더러운 기분을 곱씹으면서 무형창을 소멸시켰다.

이성민은 천천히 땅으로 내려왔다. 그는 성큼거리며 성문을 향해 다가갔다.

"히익……!"

성문 쪽의 사람들이 다가오는 이성민을 보며 겁에 질린 소리를 냈다. 이성민은 그들의 반응을 무시했다.

바닥에 남아 꿈틀거리는 월후의 살덩이를 향해 이성민의 손이 펼쳐졌다.

화르륵!

솟구친 불꽃이 살덩이를 완전히 태웠다. 그는 자신에게 향하는 시선들을 하나하나 마주 보았다.

"괴물."

누군가가 중얼거렸다. 틀린 말도 아니라 반박하지 않았다.

[갈 텐가?]

마령의 물음에 대답 대신 몸을 돌렸다. 도시에 남을 이유가 없었다. 무신과의 싸움은 이성민에게 거의 피로를 주지 않았다.

하지만 이성민은 서두르지 않았다. 그는 잠자는 숲 쪽으로 방향을 잡고 걸으며 생각에 잠겼다.

'대미를 장식할 때가 되었다……'

신령이 마지막에 중얼거린 말. 대미가 무엇인지는 이성민도 안다.

[더 이상 얻을 것이 없겠지.]

마령이 말했다.

[제니엘라가 죽고 프레데터는 괴멸됐다. 제미니가 뱀파이어

를 규합시키고 있지만, 그들을 통해 성과를 낼 수는 없어.]

'인외도 충분히 강한데.'

[하지만 너보다는 약해. 더 이상 성과를 낼 수 없으니 마무리를 지어야지. 만약 종언이 이행되고, 다음 세상이 열리면…… 이번 세상에서 얻은 성과를 통해, 적극적으로 운명에 개입하겠지.]

너처럼 우수한 모르모트를 만들어내기는 힘들겠지만. 마령이 중얼거렸다.

[검은 심장이 품은 가능성을 알았다. 다음 세상에서도, 프레스칸과 계약한 공포의 마왕은 기쁘게 프레스칸의 혼을 제공해 줄 것이다. 그러면 놈은 다시 검은 심장을 만들어내겠지.]

이성민은 마령의 넋두리를 가만히 들었다.

[이번 세상을 통해 신령은 운명을 바꾸는 전환점을 확실히 알게 되었다. 다음 세상에서 검은 심장이 누구에게 인도될지는 모르겠지만…… 신령은 여러 가지를 시도하겠지. 지루한 반복에서 드디어 발견한 전환점이니.]

'너는 어떻게 되지?'

[모르겠군…… 소멸하지는 않을 텐데. 어쩌면 다음 세상에서도 지금과 똑같이 이 세상을 관리하고 있을지도 모르지.]

그에 대해서는 마령도 확신하지 못하고 있었다. 무능한 놈. 이성민은 투덜거리면서 물었다.

"너희는 대체 뭐냐?"

줄곧 묻고 싶던 것이었다.

"너희가 대단하지 않은 존재라는 것은 알아. 세계를 관리하고 운명을 관장하고 있다지만, 큰 오류를 제대로 수정하지도 못하고 운명에서 벗어나면 간섭조차 할 수 없어. 대체 뭐냐?"

[……우리는…… 관리자다. 이 세상이 처음으로 열렸을 때 만들어진 존재. 그렇기에 우리는 우리의 권한을 벗어난 일을 할 수가 없다. 아니, 그건 모두가 마찬가지야.]

마령이 길게 한숨을 내쉬었다.

[너도 이미 알겠지만, 이 세상은 다양한 이해가 얽혀 있다. 공통적인 목적은 완전한 기술을 손에 넣는…….]

'왜 그걸 손에 넣으려 하지?'

[우문이군. 반대로 묻는데, 그걸 손에 넣지 않을 이유가 있나?]

마령이 반문했다.

[세상은 불합리하고 부조리해. 누구는 뛰어난 재능을 타고 나고, 누구는 태어날 때부터 멍청하지. 탄생, 죽음, 윤회. 신이 아무리 위대하다고 해도 그것을 관장할 수는 없어. 그것은 우주의 법칙이고 약속이다.]

'나는 회귀했잖아.'

[이 세상은 그러한 법칙에서 유일한 예외다. 에리아와 연결되어 있는 많은 차원. 대마계의 위험하고 강력한 마왕들과 정

령계와 요정계와 투신전…… 그 모든 이들이 에리아를 예외로 서 묵인했다.]

각자가 바라는 것이 있으니까.

[불합리하고 부조리한 세상 속에서, 이 세상은 꽤 합리적이지. 강제로 재능을 줄 수도 있고, 너무 과한 힘은 잘라낼 수도 있어. 뭐…… 어디나 그렇듯 예외는 있다만.]

예외가 누구인지는 이성민도 잘 알았다.

[이 세상은 그들의 묵인과 조력하에 존립해 왔다. 여태까지도 충분한 성과를 냈지. 회차가 거듭될수록 다른 방향으로 나아간 기술들은 '도서관'에 기록되고, 그것은 이 세상을 존립하게 한 모든 이들에게 공개돼.]

이성민의 걸음이 멈추었다.

"종언을 끝낸다는 것은…… 그들의 조력을 받을 수가 없다는 것."

[너는 도서관의 열쇠를 가지고 있다.]

마령이 중얼거렸다.

[위지호연을 위한 것이었지만, 네게 귀속된 것이 오히려 잘 되었구나. 그것으로…… 무엇을 하는가는 너에게 달려 있다.]

이성민은 품 안에 있는 열쇠를 의식했다.

"그래 봤자 모조품이잖아."

[착각하지 마라. '진짜' 도서관의 열쇠는 아니어도, 에리아 도

서관의 열쇠인 것은 사실이니까. 애초에, 진짜 도서관은 나 따위 존재가 감히 간섭할 수조차 없다.]

이성민이 대놓고 무시하는 말에 마령이 발끈해서 떠들었다.

[너야말로 어쩔 셈이냐. 신령의 보호를 받는 위지호연을……
죽일 건가?]

'말이 되는 소리를 해.'

마령의 질문에, 이성민은 헛웃음을 흘렸다.

'내가 그녀를 죽일 수 있을 리가 없잖아.'

잠자는 숲으로 가는 것에 오랜 시간이 걸리지 않았다.

생각을 정리하고, 감정을 정리하고. 그러는 것에 걸음이 조금 더디기는 했지만, 마음먹는다면 순식간에 도착할 수 있었다. 마법을 쓰거나, 무공을 쓰거나. 지금의 이성민이 할 수 있는 방법은 많았다.

숲을 목전에 두었을 때, 밤이 되었다. 이성민은 더 이상 나아가지 않고 야영을 준비했다. 마을에 들어갈까 생각도 해보았지만, 서두르고 싶지 않았다. 확신이 부족했다.

인제 와서 뭔가를 더 준비할 수 없다는 것은 안다. 명상은 더 이상 이성민을 성장시키지 못한다. 무공도, 마법도, 더 나아갈 곳은 없다.

뿐만 아니라. 이성민은 자신의 몸을 관조하면서 확실하게 알았다. 더 이상 검은 심장은 이성민을 성장시키지 못한다. 이성민에게, 더 이상 성장의 여지는 없었다.

사마련주의 무리도 습득했고 드래곤의 힘도 얻었다. 혈마의 무리도 가지고 있다. 아이네의 심장을 포식함으로써 얻은 성장력은 제니엘라와의 싸움에서 모두 소모했다. 뒤가 없다. 혹시 모를 무언가를 기대하지도 않는다.

'내가.'

타들어 가는 모닥불을 응시했다. 대충 위에 올려놓은 고깃덩어리의 지방이 끓는 소리를 냈다. 이성민은 고기 위에 소금과 후추를 뿌렸다.

'위지호연을 막는다.'

할 수 있을지를 논해서는 안 된다. 무조건 해야만 했다. 무슨 수를 써서라도 위지호연을 막아야 한다.

제니엘라 때와 똑같으면서도 다르다.

이성민은 익은 고기를 손으로 잡았다. 그리고 우악스럽게 뜯어 먹었다.

불안, 초조, 걱정……. 그런 익숙한 감정들이 들었다. 제니엘라와의 싸움을 준비했을 때와 똑같은 감정이었다.

대미.

위지호연과의 싸움을 통해, 어떤 식으로든 결말은 날 것이다.

큼직한 고기가 순식간에 사라졌다. 이성민은 뼈를 와작와작 씹으며 다른 고기를 들어 올렸다.

어쩌면, 이것이 마지막 식사일지도 모른다. 대충 구운 고기를 최후의 만찬으로 삼으려니 부족하단 생각이 들었다.

이성민은 아공간 포켓에서 허주의 호리병을 꺼냈다.

'그러고 보면.'

술잔을 꺼냈다. 잔에 술을 가득 채워 맞은편에 두었다.

'단둘이 술을 마셔본 기억이 적어.'

물론, 허주는 술을 마실 수 없는 몸이었지만. 그런 분위기라도 함께 즐겼던 기억이 적다.

이성민은 큭큭 웃으며 호리병의 술을 입에 부었다. 안주 삼아 고기를 뜯었다. 맞은편의 술잔을 보며, 계속.

이렇게 실컷 먹고 마시는 것은 처음이었다. 제니엘라와의 싸움을 앞두고 요정의 숲에서 연회를 벌였을 때, 꽤 많이 먹고 마시기는 했지만, 그때도 오늘만큼은 아니었다.

어마어마하게 먹었는데도 포만감은 없었다. 이성민은 술로 입가심을 하고서, 기름으로 번들거리는 양손을 마법으로 씻어 냈다.

"사저."

이성민은 몸을 일으키며 그녀를 불렀다. 기척은 이미 느끼고 있었다. 요정의 숲을 나오지 못하는 오슬라를 제외하고, 모두가 이곳에 와 있었다.

"혼자 잘도 먹는다."

투덜거리는 소리를 낸 것은 스칼렛이었다.

마법의 장막이 걷어졌다. 스칼렛은 똥 씹은 얼굴을 하고서 이성민을 노려보았다.

저 먼 요정의 숲에서 어떻게 여기까지, 라는 의문은 들지 않았다. 오슬라가 요정마를 거둬갔고, 아마 요정마는 스칼렛에게 귀속되어 있을 것이다.

"모습을 보이셨다면 같이 먹자 했을 텐데."

"말은 참 잘해."

"설마, 저 혼자 먹어서 서운하신 겁니까?"

이성민이 웃으며 묻자, 스칼렛이 어이가 없다는 표정을 지었다. 그녀는 뭐라고 말을 하기 위해 입술을 열었다가, 차마 욕을 뱉지 못하고 긴 한숨을 내쉬었다.

"……여기서 뭐 하고 있어?"

백소고가 꾹 다물고 있던 입술을 열었다. 살짝 떨리는 목소리를 들으며 이성민은 쓰게 웃었다.

"위지호연을 막으러 갑니다."

많은 설명은 하지 않았다. 그렇게 말하는 것으로 충분했다. 백소고의 표정이 굳었고, 뭐라고 궁시렁거리던 스칼렛의 입술이 닫혔다. 뒤편에 선 흑룡협의 눈썹은 찡그려졌다.

"위지…… 호연을?"

로이드가 더듬거리며 물었다.

지워지지 않은 상처를 입은 그들을 보며, 이성민은 착잡한 기분을 느꼈다. 저들이 인간인 이상, 손실된 팔다리와 눈을 재생할 방법은 없다.

'인외가 된다면?'

문득 그런 생각이 들었지만, 이성민은 그 생각을 머릿속에서 지워냈다. 재고의 가치가 없는 생각이었다. 인외가 되어 인간이 아니게 되면, 인간으로서의 모든 것이 사라진다.

"그녀가 마지막 재앙이 되었거든요."

"하하!"

이성민의 대답에 흑룡협이 헛웃음을 터뜨렸다.

"얄궂은 일이군. 소천마가…… 마지막 종언이라? 그 얘기를 누구에게 들었지?"

"신령에게 직접 들었습니다."

"신령에게……? 어떻게?"

"방금 전에 무신을 죽였으니까."

이성민의 대답에 흑룡협의 표정이 딱딱하게 굳었다. 이성민은 그런 흑룡협을 향해 머리를 가로저으며 대답했다.

"보기 좋은 죽음은 아니었습니다. ……당신에게 양보할 것을 그랬나?"

"아니…… 아니, 그럴 필요까지야. 내가 창왕 늙은이도 아니고, 빼앗겼다고 광분할 것 같나."

말은 그렇게 했지만, 흑룡협의 목소리에는 허탈함이 깃들어 있었다. 흑룡협이 창왕과 함께 므쉬의 산에서 수행했던 이유는, 언젠가 무신을 만나 창왕과 합공했다는 치욕을 갚기 위해서였다.

"그래서."

스칼렛이 뽑힌 눈가를 어루만지며 중얼거렸다. 어느새 그녀는 그럴듯한 안대로 눈가를 가리고 있었다.

"너 혼자. 아무 말도 하지 않고. 숲을 떠나서, 이런저런 많은 일을 하셨다?"

"휴젤 산맥의 마령정에 가서 야나를 만났습니다. 다행히, 무사하더군요."

"……그래서?"

"그곳에서 무능한 마령을 만났습니다. 마령에게서…… 위지호연이 신령의 종이 되었다는 이야기를 들었습니다. 저로서는 잠자는 숲을 목적으로 두고서 움직일 수밖에 없었습니다."

"그럴 거라고 생각했어. 네가 무턱대고 움직인다면 반드시 잠자는 숲으로 갈 것이라 생각했지."

스칼렛이 투덜거렸다.

"휴젤 산맥을 들렀을 것이라고는 생각하지 못했지만……
뭐, 결과적으로 너와 다시 만나는 것은 성공했네."

"여러분은 왜 이곳에?"

그런, 뻔한 질문을 했다.

"왜 당연한 것을 물어? 당연히, 혼자 마음대로 하려는 너를
돕기 위해서잖아."

마찬가지로 뻔한 대답이 돌아왔다.

이성민은 그 대답을 듣고서 조용히 입을 다물었다. 뻔한 질
문과 뻔한 대답.

성민은 심유한 눈으로 스칼렛을 보았다.

"……뭐야. 그 그윽한 눈은."

스칼렛이 민망하다는 듯 턱 끝을 당기며 시선을 피했다. 흑
룡협은 가만히 하늘을 보고 있었고, 로이드는 초조한 듯 입술
을 잘근거리며 손가락을 비비고 있었다.

루비아는 스칼렛의 곁에서 눈치를 살피고 있었고, 테레사는
목에 건 새로운 로자리오를 꽉 쥐고 있었다.

끝으로, 백소고를 보았다. 그녀의 표정을…… 잘 읽을 수가
없었다. 백소고는 아랫입술을 잘근 씹으며 시선을 아래로 떨
구고 있었다. 눈동자와 어깨가 떨린다. 뭐라 말을 잇지 못하는
입술이 바들거린다.

'아.'

이성민은 어느 순간에 깨달았다. 백소고의 감정은, 안타까움이었다.

"사저는 좋은 사람입니다."

이성민은 천천히 웃으며 말했다.

"지금도…… 사저는, 저를 안타까이 여기시는군요."

"불쾌했다면…… 미안해, 사제."

"전혀요. 불쾌하지 않습니다……. 그냥, 궁금한 겁니다. 왜 저를 안타까이 여기시는 겁니까?"

"……사제가 소천마, 아니, 위지호연을 어떻게 생각하는지 아니까. 둘 사이에…… 어떤 인연이 있는지 아니까."

'역시.'

백소고의 대답을 들으며 이성민은 가슴이 조금 후련해지는 것을 느꼈다.

백소고는, 저런 사람이었다. 비틀린 신념에 잡아먹힌 괴물이기 이전부터 그녀는 좋은 사람이었다. 천 년의 정신 수행 속에서 망가졌다고 해도. 극복할 수 없는 절망을 맞닥뜨리고 꺾여 부러졌다고 해도.

백소고는, 므쉬의 산에서 제 앞가림도 하지 못하고 죽을 위기에 처한 어린 소년을 돕던…… 좋은 사람이었다.

편협한 정의를 품고서 이 세상에서 악을 멸하겠다는 것을 신념으로 품었던 이유는 간단했다. 그냥, 백소고가 좋은 사람이기 때문이었다.

스칼렛을 보았다. 언제나 투덜거리고, 입이 거칠고, 결국 자기 자신밖에 모르는 이기적인 사람이라고 자칭하면서도. 그녀는 함께 겪는 위험에서 도망치지 않았다. 요정의 숲에서도 도망치고자 한다면 도망치려는 시도는 할 수 있었다. 그러나, 무리라는 것을 알면서도 제니엘라에게 싸움을 거는 것을 택했다.

한때 적이었던 흑룡협은 사마련주의 죽음을 계기로 동료가되었다. 다시 만나는 것에 10년이란 시간이 흘렀고, 흑룡협과 이성민 사이에는 그리 큰 유대는 없었다. 그럼에도 이곳에 와주었다. 제니엘라와의 싸움에서 팔을 잃었음에도.

로이드와는 프레스칸의 던전에서 처음 만났다. 아벨에게서 그리에스를 계승받은 그는, 자신의 수명을 아까워하지 않고 그리에스의 마법을 사용하여 종언에 저항하고자 했다. 비록 그리에스 자체가 신령이 안배한 물건이라고는 해도. 그리에스를 통해 종언을 막고자 했던 아벨과 마찬가지로, 로이드는 진심으로 종언을 막는 것을 바라며 이성민에게 도움을 주었다.

생각해 보면 루비아는 허주 다음으로 이성민과 많은 여행을 했다. 그녀에게는 여러 가지고 미안한 일이 많았다. 엔비루스의 죽음에 이성민이 관여했단 것은 결국 사실이었으니. 루비아는 제니엘라와의 싸움을 두려워했지만, 도망치지 않고 이성민과 함께 싸웠다.

테레사에게도 고마운 마음이 많았다. 무턱대고 찾아가 도움을 청했음에도, 테레사는 오해와 편견 없이 이성민의 부탁을 들어주었다. 종언에 대해 알게 된 후에도 고민하지 않고 숲에 남아 도움을 주었다. 겁에 질려 울면서도 제니엘라를 막기 위해 결계를 유지하던 그녀는 훌륭한 성인이었다.

이곳에 없는 오슬라에게도 감사를 느끼고 있다. 종언의 때가 온다면 가장 끔찍한 일을 겪는 것은 그 누구도 아닌 오슬라다. 그것을 잘 알고 있음에도, 오슬라는 사마련주의 제자인 이성민을 도와 종언과 맞서는 것을 선택했다.

그 모든 것을 생각하며, 이성민은 후련한 미소를 지었다.

"……고맙습니다."

솔직하게 감사를 말했다.

"저를 도우려 와주셔서, 정말로 고맙습니다."

"오그라드는 소리 하지 마. 종언을 막아야 하는 게 중요해서니까. 그래, 위지호연이 마지막 재앙이라고 했지? 그럼 위지호연을 끝내면 종언도 끝나는 거네."

"그럴지도 모르죠."

"뭐야? 그 애매한 대답은. 아, 됐어. 계속 그렇게 있을 거야? 숲으로……."

"아니요."

스칼렛이 재촉하는 말에, 이성민은 머리를 가로저었다.

"숲에는 저 혼자 갑니다."

"……왜?"

백소고가 굳은 표정으로 물었다.

"사저가 좋은 사람이니까요."

"뭐……?"

"스칼렛 님도, 흑룡협 님도, 로이드 님도, 루비아 님도, 테레사 님도. 다들 좋은 사람이라서…… 그래서 저 혼자 가려는 겁니다."

"……대체 무슨 소리야?"

스칼렛이 짜증스러운 목소리로 물었다.

"여러분을 위험하게 만들고 싶지 않아요."

이성민은 한 걸음 앞으로 걸었다.

"더 다치게 하고 싶지도 않습니다."

말로 해서 얌전히 듣지 않을 것임은 알았다. 풀려나온 괴력난신과 프레셔가 바닥을 진동시켰다.

백소고는 거대한 압박감에 표정을 굳히며 한 걸음 뒤로 물러섰다.

"……사제 혼자서는 힘들지도 몰라."

"그럴지도 모르지요."

"알면서…… 왜 도움을 받지 않으려는 거야?"

"말하지 않았습니까. 여러분을 다치게 하고 싶지 않다고."

"어차피 네가 실패하면 종언이 우리 전부를 죽여. 그런데 다치게 하고 싶지 않다니, 뭔 말도 안 되는……."

"여러분이 더해진다고 해서 불가능이 가능이 되는 것은 아닙니다."

냉정하게 보자면, 그것이 사실이었다.

"내가……."

백소고가 머뭇거리며 입을 열었다.

"아니, 우리가…… 약해서? 방해라는 거야?"

이성민은 크게 숨을 삼켰다.

"네."

그 대답에 백소고의 얼굴이 하얗게 질렸다.

분위기가 싸늘하게 가라앉았다. 이성민은 착잡한 기분을 느끼며 가라앉은 분위기 속에서 어깨를 으쓱거렸다.

어느 정도, 모순이라는 것은 알았다. 위지호연을 막지 못하면 종언이고, 세상은 멸망한다. 하지만 위지호연을 막는 것에 성공한다면? 종언의 운명을 바꾼다면?

팔이 잘리고, 다리가 잘리고, 눈이 뽑히고. 다들 좋은 사람이다. 너무 좋은 사람이라…… 도망치지 않고 싸웠다. 세상 사람들이 제대로 알지도 못하는 종언이라는 것에 맞서 싸우며, 저런 몰골이 되었다.

그것이 싫다. 견딜 수가 없다.

인간의 몸뚱이는 너무 약해, 망가지기 쉽다. 영체와 육체가 같기에 망가지면 고치는 것도 불가능하다. 만약, 만약에. 저들과 함께 잠자는 숲으로 들어가서…… 누군가가 죽는다면? 종언을 끝냈을 때, 저들 중 누군가가 죽어서, 함께 있지 못하게 된다면.

그것을 견딜 수가 없을 것 같았다. 상상하고 싶지도 않았다. 아마 그렇게 된다면, 이성민은 죄책감에 짓눌려 버릴 것이다.

신령에게 부려졌다고 해도 위지호연이 벌인 일은 사라지지 않을 테니, 누군가의 죽음에 대해 위지호연에게 원망을 품을 수도 있다. 그게 싫었다. 누군가가 죽는 것도, 자의 없던 위지호연에게 그 책임을 묻게 되는 것도. 만약, 위지호연을 막는 것에 실패한다면……. 그런 생각은 하고 싶지 않았다.

"약해서, 데려갈 수가 없다."

백소고가 작은 목소리로 그것을 중얼거렸고, 스칼렛은 차갑게 식은 눈으로 이성민을 노려보았다.

"잘 생각해서 말해."

스칼렛이 내뱉었다.

"네가 싫어질지도 모르니까 말이야."

그 경고에 이성민은 가만히 손을 쥐었다 폈다.

이런 와중에도, 미움받고 싶지 않다는 생각이 들었다. 이성민은 그런 자기 자신에게 자조 섞인 웃음을 보냈다.

"위지호연은 강합니다."

"알아."

"싸우면······ 누군가가 다칠 겁니다. 죽을 수도 있어요."

"그래서?"

"그게 싫은 겁니다. 제니엘라와의 싸움에서, 다들······ 많이 다쳤잖아요. 여러분이 인간인 이상, 상처를 치료하는 것에는 한계가 있습니다."

"내가."

백소고가 떨리는 목소리를 냈다. 말을 끊고 들어온 그녀는, 성큼거리며 이성민에게 나아갔다.

여전히 그녀의 얼굴은 핏기가 없어 창백했다. 크게 숨을 들이마신 그녀는, 힘을 준 눈으로 이성민을 노려보았다.

"선택한 일이야. 다치거나, 죽어도 상관없어. 종언이라는 큰 짐을······ 사제 혼자서 짊어지게 하고 싶지 않아."

"내가 상관있으니까 막는 겁니다."

백소고가 아랫입술을 잘근 씹었다. 불어온 바람이 텅 빈 소매를 흔들었다. 그것을 보며 이성민은 작은 한숨을 내쉬었다.

스칼렛은 이성민을 노려볼 뿐 아무런 말도 하지 않았다. 루비아와 테레사는 서로의 손을 잡고 분위기를 살피고 있었다.

하늘을 보던 흑룡협이 고개를 내렸다. 그는 이성민을 물끄러미 보며 말했다.

"자네의 말이 맞아."

흑룡협은 머리를 끄덕거리며 중얼거렸다.

"너무 강해진 자네에 비해, 우리는 약하지. 뱀파이어 퀸과의 싸움에서도 별 도움이 되지 않았어. 그나마 시간을 끌 수 있었던 것은, 그녀가 우리를 가지고 놀았기 때문이고."

게다가 지금은 외팔이가 되었지. 흑룡협이 큭큭 웃었다.

"팔이 없는 것은 치명적이야. 시간이 주어진다면 이런 꼴에도 익숙해질지 모르지만, 우리 중 누구도 그런 시간을 받지 못했지. 그래. 우리가 함께 간다는 것은, 우리의 오만한 고집일세. 함께 가봐야 자네의 발목을 잡고, 방해할 것이 뻔해."

흑룡협은 그렇게 말하면서 몇 걸음 뒤로 물러섰다.

"……네 마음을 모르는 것은 아니야."

스칼렛이 입을 열었다.

"저 아저씨가 말한 대로야. 우리는 약해. 함께 가봤자 방해를 하게 되겠지. 그래도…… 함께 가고 싶었어. 너 혼자 모든 것을 하게 하고 싶지 않았거든. 알아? 나한테 너는, 아직 감정적으로 불안정하던 작은 꼬마야."

그 말에 이성민은 풋 하고 웃어버렸다.

스칼렛은 한숨을 푹 내쉬며 머리를 벅벅 긁었다.

"그래도 말이야. 네가 한 말이…… 싫어. 약해서 도움이 안 된다……. 결국 우리를 다치게 하고 싶지 않은 거잖아. 오지랖

부리지 마. 여기까지 오면 없던 사명감도 생기는 법이니까. 눈깔 하나 뽑혔으니 더 그렇지."

스칼렛은 물러서지 않았다. 백소고도 마찬가지였다. 로이드는 어쩔 줄 몰라 하는 눈치였지만, 흑룡협이 넌지시 손을 뻗어 로이드의 어깨를 잡았다.

"괜히 괴롭게 하지 마시오."

흑룡협은 이성민을 배려하고 있었다. 함께 가겠다고 고집을 부려봐야, 이성민은 데리고 가지 않을 것이다. 계속 억지를 부리면 나름의 방법을 써서 두고 가겠지. 그리고 이성민은 그것에 대해 괴로움을 느낄 것이다.

"……예……."

로이드는 입술을 잘근 씹으며 머리를 끄덕거렸다. 그는 흑룡협과 함께 뒤로 물러섰다. 테레사와 루비아도 조금 거리를 벌렸다. 그렇게 되니 스칼렛은 입술을 삐죽 내밀었다.

그녀는 뒤로 물러선 이들을 돌아보면서 투덜거렸다.

"……이러면 내가 괜한 고집을 부리는 것 같잖아."

결국 스칼렛도 내키지 않는다는 표정을 지으며 뒤로 물러섰다.

백소고는 물러서지 않았다. 그녀는 착잡한 표정을 지으며 하나밖에 남지 않은 자신의 손을 내려 보았다.

그녀는 가만히 주먹을 쥐었다.

"알아."

너무 잘 알고 있었다.

"내가, 사제에 비해서 너무 약하다는 걸. 양팔이 다 있을 때도…… 사제의 발목만 잡을 거야."

이성민은 대답하지 않았다. 강압적으로 밀어붙이고 싶지 않았다. 서로가 이해하고 납득하기를 바란다.

"모르지 않아. 알고 있어. 하지만…… 사제. 나는, 그렇다고 해도 사제를 내버려 둘 수가 없어. 사제가 위험한 곳으로 가는데, 나 혼자…… 남아서 사제를 기다리고 싶지 않아."

알고 있다. 백소고가 저런 성격이라는 것도. 어떠한 상황이건 간에, 납득하여 물러서지 않는다는 것도. 자신의 약함을 알아도 물러서지 않는다. 도망치지 않는다.

제니엘라와의 싸움을 목전에 두었을 때도, 백소고는 두려워하지 않았다. 팔 하나를 잃었다고 해도. 자신이 약하다는 것을 알아도, 도망치지 않는다.

"사제는…… 많이 강해졌어."

저벅. 백소고가 한 걸음 앞으로 걸었다. 그녀는 크게 숨을 삼키며 내력을 끌어올렸다.

백소고는 펄럭거리는 소매를 아예 찢어버렸다. 그러고서는 얇은 미소를 지으며 이성민을 보았다.

"생각해 보면, 므쉬의 산 이후로 사제와 비무를 해본 적이 없구나."

"그럴 기회가 없었으니까요."

"마침…… 지금이 기회인 것 같아. 웅. 사제, 선공은 양보하지 않아도 되겠지?"

"예."

백소고는 그녀 나름의 납득을 구하고 있었다. 이성민은 물러서지 않고 머리를 끄덕거렸다.

백소고가 자세를 낮추었다. 올곧은 두 눈이 이성민을 보았다.

이성민은 무형창을 쥐지 않았다. 그는 백소고와 마찬가지로 자세를 낮추고, 무영탈혼을 준비했다.

백소고의 웃음이 짙어졌다.

므쉬의 산에서 무영탈혼을 처음 배웠을 때가 떠올랐다. 묵언의 금제를 받아, 말을 할 수 없던 백소고는 나뭇가지로 바닥에 글을 적으며 이성민과 대화를 나누었다.

백소고의 가르침은 상냥했다. 가르침뿐만이 아니라, 그녀의 모든 것이 상냥했다. 백소고와 만나지 못했다면, 이성민은 그 산에서의 수행을 견디지 못했을 것이다.

검귀를 죽이고 주저앉았을 때, 백소고와 재회했다. 많이 컸구나. 그때 백소고는 그런 말을 해주었고, 그 말이 이성민의 불안한 감정을 보듬어주었다.

이전 세상에서, 백소고는 던전에서 살해되었다. 그 죽음을 막고 싶어 던전으로 향했고, 그곳에서 백소고와 재회했다.

　사저에게 다시 칭찬을 듣고 싶었다. 자신이 얼마나 강해졌는지. 그 경지를 보여주며, 백소고의 인정을 받고 싶었다.

　그때, 그 산에서 당신에게 이 무공을 배웠던 내가. 지금은 이렇게 되었노라고. 걸음 하나하나 떼는 것도 힘들어하던 녀석이 지금은 이렇게 되었노라고.

　'많이 컸구나.'

　검귀를 죽이던 밤, 백소고에게 그 말을 듣고서 얼마나 좋았던가. 다시 한번 그 말을 듣고 싶었다.

　먼저 움직인 것은 백소고였다. 무영탈혼을 펼친 백소고가 순식간에 거리를 좁혀온다.

　연이어 뻗은 걸음이 무영탈혼의 초식들을 연계했다. 크게 일어난 내력이 나부끼는 바람처럼 사방으로 뿜어지며 공간을 압박했다.

　백소고는 손속에 사정을 두고 있지 않았다. 그녀는 자신이 펼칠 수 있는 전력으로 무영탈혼을 펼치고 있었다. 약하지 않다고. 발목을 잡지 않을 거라고. 그렇게 외치는 것만 같았다.

　일보무흔이 백소고의 모습을 감추었다. 일보무영이 백의 잔상을 만들었고, 그 잔상들이 이보겹살을 펼쳤다.

내력이 일렁거리며 파도를 만들었다. 물 흐르듯 자연스럽게 초식이 연계되었다. 이보겹살이 삼보필살이 되고 사보광란이 되었다.

전력을 다해 부딪쳐 오는 백소고를 보며 이성민은 천천히 발을 들었다.

팟.

백소고가 펼친 모든 무공이 소멸했다. 내력은 마치 처음부터 없었던 것처럼 사라졌고, 백소고는 내상조차 입지 않았다.

백소고는 우두커니 서서 앞을 보았다. 조금 전까지 그곳에 있던 이성민은 더 이상 그곳에 없었다.

천천히 뒤를 돌아보았다. 이성민이 백소고를 보며 쓴웃음을 짓고 있었다.

"……대단해."

백소고는 고개를 끄덕거리며 중얼거렸다.

"같은 무영탈혼이라고 해도…… 이렇게나 차이가 나는구나. 이래서야 정통 계승자라고 할 수도 없겠어."

"흑뢰번천도 더해져 있으니까요."

"그편이 더 나은 것 같아. 괜찮다면…… 응. 다음에, 사제에게 무공을 지도받아도 될까?"

"당연히 괜찮습니다."

이성민의 대답에 백소고가 웃으며 꾸벅 머리를 숙였다.

"고마워, 사제."

목소리의 끝이 살짝 떨렸다.

"많이…… 컸구나. 정말로. 므쉬의 산에서 만났을 때가……
너무 먼 기억이 되었어. 훌륭해."

백소고는 그렇게 말하면서 머리를 들었다. 그녀는 눈가에
맺힌 눈물을 소매로 문질러 닦았다.

"고집부려서 미안해."

함께 가고 싶다.

"사제에게 도움이 안 된다는 것을, 확실히 알았어. 가봤자
사제의 발목을 잡을 뿐이야……. 미안해, 사제. 이런 식으로나
마 납득이 필요했어."

"……알고 있습니다. 사저는 그런 사람이니까요. 아무렇지
않게 보내줄 리가 없다는 것을, 너무 잘 알고 있었습니다."

"응……. 나는 고집쟁이니까 말이야."

같이 가서, 종언의 재앙에 맞서 싸우고 싶다. 어떤 결말을
맞이하든 간에 너와 함께 있고 싶다.

만약, 그곳에서 죽는다고 해도. 너를 위해서 죽고 싶다.

만약, 네가 실패했을 때. 세상이 끝나기 전에, 너와 함께 죽
고 싶다.

아무것도 하지 못하고 기다려야 하는 것이 싫어. 너에게만
모든 짐을 맡기는 것이 싫어.

마음속에 그런 말들이 맴돌았다.

"괜찮습니다, 사저."

이성민은 백소고의 어깨에 손을 얹었다.

"아무 일도 없을 겁니다. 잘…… 돌아올 겁니다. 아마, 오래 걸리지도 않을 겁니다. 그러니까…… 걱정하지 말아주세요."

'걱정과는 달라.'

백소고는 욱신거리는 가슴 위에 손을 얹었다. 스스로도 뭐라 말할 수 없는 감정이 복잡했다.

'어쩌면, 이건 질투일지도 몰라.'

그런 생각이 들어서, 백소고는 두 눈을 질끈 감았다.

저 안에는 위지호연이 있을 것이다. 내가…… 모르는 사제를 알고 있는 위지호연이.

"……응……."

하지만 백소고는 그 감정을 토해낼 수가 없었다. 스스로 좋은 사람이라고 생각하고 있었으니까.

"다녀와, 사제."

백소고는 웃었다. 자기 자신의 감정을 숨기고, 결국 거짓말인 것을 진심처럼 말했다.

이성민은 조용히 손을 뻗었다. 그는 흐르다 만 백소고의 눈물을 닦아주었다.

"……사저는 거짓말을 참 못해요."

흐읍. 백소고가 숨을 삼켰다.

"……내가, 거짓말을 하지 않는다면. 뭔가…… 달라질까?"

"……적어도 지금 뭔가가 달라지지는 않을 겁니다."

이성민은 씁쓸한 기분을 느끼며 그렇게 대답했다. 그러자 백소고가 쿡쿡 웃으며 이성민의 가슴에 손을 올렸다.

"……그래서 거짓말을 하는 거야, 사제. 그게…… 서로에게 편하잖아."

백소고는 그렇게 말하며 이성민의 가슴을 살짝 밀어냈다.

"기다리고 있을게, 사제."

백소고는 하나뿐인 손으로 자신의 눈가를 닦으며 말했다.

"다시 만나게 되면…… 거짓말은 하지 않을게."

눈물 젖은 눈으로 웃는 백소고에게, 이성민은 아무 말도 할 수 없었다.

그는 백소고가 밀치는 대로 몇 걸음 뒤로 물러서고서, 백소고에게 꾸벅 머리를 숙였다.

결국 끝까지 백소고는 자신의 진심을 말하지 않았다. 거짓말을 하고 있다고 들켰어도, 가슴에 품은 감정들을 털어놓지 못했다. 그것이 이성민의 감정을 붙잡을지도 모른다는 것을 알았으니까.

"바보."

멀어지는 이성민의 등을 흘기며 스칼렛이 중얼거렸다. 이성민에게 하는 말이기도 했고, 백소고에게 하는 말이기도 했다.

"가서 죽는 건 아니겠지?"

스칼렛은 괜스레 찝찝한 기분을 느끼며 땅을 발로 걷어찼다.

"아니에요."

그 투덜거림에, 백소고가 작은 목소리로 반박했다.

"돌아온다고 약속했잖아요."

"어이구……."

백소고의 맹목적인 중얼거림에, 스칼렛이 헛웃음을 흘렸다.

그녀는 백소고에게 뭐라 핀잔을 주려다가 그만두었다. 대신에 백소고에게 팔짱을 끼며 당겼다.

"밥이나 먹자."

"네?"

"저 새끼 먹는 것 보고 나도 배고파졌어."

스칼렛은 그렇게 말하며 아직 꺼지지 않은 모닥불 쪽으로 백소고를 끌고 갔다.

"왜, 저번에 쟤도 말했잖아. 멸망하기 전에 사과나무 어쩌고……. 나는 사과나무는 모르겠고, 고기나 실컷 뜯을래."

꼬르륵.

작지만 그런 소리가 났다. 테레사는 흠칫 놀라 자신의 배를 양손으로 감쌌고, 흑룡협이 모두가 들을 정도로 요란하게 재채기를 했다.

　스칼렛은 그런 흑룡협을 보며 끌끌 혀를 찼다.

　"꼴값을 떤다, 꼴값을."

　"……크흠……."

　흑룡협이 시선을 돌리며 헛기침을 했다.

3장
위지호연(1)

숲 근처 마을에 도착한 건, 먼 곳에서 동이 트며 어둠이 가시고 있는 푸른 새벽이었다.

이성민은 천천히 마을로 들어섰다.

지난번에 왔을 때 시체를 정리하고 무너진 마을을 청소했다. 덕분에 마을은 텅 비어 있었고, 인기척은 없었다.

이 마을에서 살아 있는 인간은 카즈야뿐이다. 아니, 이제는 한 명도 살아 있지 않다.

이성민은 자신의 손목을 힐긋 내려 보았다.

파스스스······.

손목에 차고 있던 팔찌 중 하나가 검은 재로 변해 흩어지고 있었다. 그것을 보며 이성민은 씁쓸한 미소를 지었다.

이 팔찌는 지난번 이 마을에 왔을 때, 스칼렛의 마법으로 만들어 카즈야와 연결했던 팔찌다. 팔찌가 순식간에 타버렸다는 것은…… 카즈야가 죽었다는 뜻이었다.

이성민은 마을 중앙에 있는 카즈야의 저택으로 향했다. 그리고 잠기지 않은 저택의 문을 밀어 열었다.

희미하게 사람 냄새가 묻은 복도를 지나 침실로 향했다. 장지문 너머로 촛불의 빛이 흔들리고 있었다. 괜히 이름을 부르지는 않았다.

문을 옆으로 밀어 여니 침실 풍경이 보였다. 침대에는 카즈야가 누워 있었다. 지난번에 보았을 때도 두 눈이 멀어 쇠약했는데, 침대 위의 카즈야는 그때보다 더 늙어 있었다.

이성민은 천천히 침대 쪽으로 다가갔다. 카즈야는 눈을 뜬 채로 죽어 있었다.

"수고하셨습니다."

그의 탁한 회색 눈을 손으로 닫아주며, 이성민은 살짝 묵례했다.

이 마을과 카즈야의 일족은 탑을 봉인하는 역할을 맡아왔다. 종언이 시작된다면, 결국 죽게 되는 운명이다.

이성민은 격공섭물로 카즈야의 시체를 들어 올렸다. 흔들리는 촛불을 손가락을 튕겨 끄고서 저택을 나왔다.

공터에 마련된 무덤가에 카즈야의 무덤을 만들어준 이성민은 봉긋 솟은 무덤에 꾸벅 머리를 숙이고서 몸을 돌렸다. 그 사이에 하늘은 보다 밝아져 있었다. 머릿속의 마령은 아무런 말도 하지 않았다.

이성민은 서두르지 않고 마을을 떠나 카즈야의 존재로 막혀 있던 잠자는 숲의 입구로 향했다.

본래 숲의 입구는 굵직한 나무 넝쿨들이 서로 얽혀 가로막고 있었다. 하지만 지금은 썩어 문드러진 나무 넝쿨이 힘없이 축 늘어져 입구가 열려 있었다. 카즈야가 죽었기 때문이다. 이성민은 심호흡을 한 번 했다.

그는 걸음에 힘을 주어 숲으로 들어섰다. 숲은 놀랍도록 고요했다.

불과 몇 주 전만 해도, 이성민은 이곳에서 정령의 여왕과 싸움을 벌였다. 정령의 여왕은 대부분의 힘을 소실했던 탓에 그리 강력하지 않았지만, 그때 싸움의 흔적은 아직 그대로 숲에 남아 있었다.

'시선이 없어.'

귀명(鬼鳴)도 들리지 않는다.

본래 잠자는 숲은 들어오는 이들의 정신을 현혹하는 소음이 끊이질 않는 곳이다. 하지만 지금은 아무것도 느껴지지도, 들리지도 않았다.

지금의 이성민은 그 귀명과 시선이 무엇으로 인한 것인지 안다. 그것들은 이 숲에 봉인되어 있는 탑과 탑과 함께 풀려나

올 괴물들의 시선과 울음이었다.

'위지호연은 어디에 있지?'

[조금 더 깊이.]

마령의 목소리가 작았다. 이 숲은 바깥과 차단되어 있다. 마령정을 나올 수 없는 마령의 존재감이 옅어질 수밖에 없다.

'얼마나 깊이?'

이성민은 주변을 둘러보았다. 공간의 떨림이 느껴졌다. 숲의 나무들이 신기루처럼 출렁거렸다. 그는 멈추지 않고 앞으로 걸었다.

하늘을 올려 보았다. 여명의 빛이 밝았다. 고개를 내려 앞을 본다. 하늘을 밝지만 앞은 어두웠다.

걸으면 걸을수록 어둠은 짙어졌다. 다시 하늘을 보았다. 여전히 하늘은 밝았다. 하지만 이성민의 주변은, 아무것도 보이지 않는 어둠이었다. 한 치 앞도 알 수 없는 어둠은 오히려 포근하게 느껴졌다.

이성민은 자신의 몸을 내려 보았다. 이성민의 몸은 어둠 위에 덧칠한 것처럼 확실히 보이고 있었다. 안력(眼力)을 집중하고 용언을 써보았지만 어둠은 사라지지 않았다. 그리고 공간은 계속해서 요동치고 있었다.

땅을 밟아 걷는다는 느낌이 희미해져 갔다. 마령의 목소리도 들리지 않았다.

'여기까지로군.'

이성민은 손을 들어 올렸다. 진한 색의 무형창이 그의 손에 쥐어져 있었다.

"언제까지냐?"

이성민은 작은 목소리로 물었다.

그 말이 끝난 순간, 어둠이 흩어졌다. 크게 몰아친 바람이 이성민의 머리카락을 흔들었다.

바람에는 끔찍한 악취가 섞여 있었다. 피 냄새, 살 냄새, 내장 냄새, 그 모든 것이 썩는 냄새…… 한참 지난 전쟁터 한복판에서 맡을 것만 같은 냄새들이었다.

붕 떠있던 몸이 아래로 떨어졌다.

철벅.

발아래에 밟힌 무언가가 짓뭉개졌다. 내려 볼 필요는 없었다. 그러지 않아도, 바로 앞에 보이고 있었다.

보기 좋은 광경은 아니었다. 아무리 비위가 좋은 놈이라도 이런 것을 본다면 먹은 것을 게워낼 것이다.

이성민도 불쾌한 기분을 느끼며 아랫입술을 꾹 씹었다. 몇이나 될까. 천…… 아니, 만 단위는 넘었다.

시체가 가득했다.

가장 먼저 보인 것은 괴물의 시체였다. 용병 때의 기억과 드래곤의 기억 등. 가진 모든 기억을 뒤져보아도 이런 모습을 한 괴물들은 없었다.

괴물들의 시체는 처참했다. 심하게 썩어 있는 탓이기도 했지만, 얼핏 보아도 깔끔한 죽음은 아니었다. 우악스럽게 뜯고, 부수고, 뭉개고. 그런 시체들이 서로 뒤엉켜 있었다.

"……똥통보다 더하군."

이성민은 그렇게 중얼거리며 하늘을 올려 보았다. 여명의 빛은 보이지 않았다. 하늘은 새빨갰고, 그 색 외에 아무것도 없었다. 구름도, 해도, 별도, 달도. 애초에 저것이 하늘인지도 모르겠다.

"어디냐?"

이성민은 그렇게 중얼거리며 앞으로 걸었다.

이곳이 어떤 곳인지 안다. 와본 적이 없었어도, 짐작할 수가 있었다.

이 숲에서 위지호연과 만났을 때……. 이성민과 위지호연은 서로를 볼 수 있었지만, 손이 닿을 수 없는 다른 공간에 있었다. 그때, 이성민은 위지호연의 등 뒤에 있는 무수히 많은 시체를 보았다.

'괴물을 죽이고 있지.'

'이 숲에는 많은 괴물들이 봉인되어 있거든.'

뭘 하고 있는 거냐는 질문에 위지호연은 그렇게 대답했었다.

'이 시체는 그 괴물들의 시체일까.'

이성민은 먼 곳을 보았다. 끝이…… 보이지가 않았다. 아무리 안력을 더해보아도, 시체가 없는 곳이 보이지 않는다. 수를 헤아리는 것은 불가능했다.

이렇게까지 많은 시체를 보는 것은 처음이라 장엄함마저 느껴졌다. 이성민이 가진 모든 기억을 뒤져보아도, 이렇게 많은 시체의, 처참하고 끔찍한…….

이성민은 작은 현기증을 느끼며 관자놀이를 꾹 눌렀다. 풍경이 너무 어색하게 느껴졌다. 도저히 현실처럼 느껴지지 않았다.

하지만 현실이다. 어디를 보아도 시체뿐. 수북이 쌓인 시체의 산과, 땅이 보이지 않을 정도로 잔뜩 널브러진 시체들과. 몬스터…….

몬스터의 종류가 이렇게 많았단 말인가? 확실히, 이 정도로 많은 몬스터라면 종언의 마지막 재앙에 걸맞았다. 이 많은 몬스터가 세상에 쏟아져 나온다면 세상은 버티지 못할 것이다. 그런 생각을 하니 시체로 가득한 이 공간이 끔찍하게 느껴졌다.

동시에 경외감이 들었다. 이 많은 몬스터를 죽인 것은 위지호연이다. 정령계에서 만전의 상태인 여왕을 몰아붙인 위지호연은, 여왕이 시행한 갑작스러운 강림에 휘말려 이 공간으로 떨어졌다.

원래는 들어올 수 없는 공간이다. 우연…… 그래. 단순한 우연이었다. 그 빌어먹을 우연에 휘말려 위지호연은 이 공간에 떨어졌고, 마령의 가호를 잃었다.

어떤 기분이었을까. 오싹한 경외감을 억눌렀다. 나라면, 의 가정은 하지 않았다.

죽이는 것 자체는 크게 어렵지 않을 것이다. 각성 이전에도 이성민은 강했고, 몬스터 따위에게 위협을 느낄 정도로 약하지는 않았다. 이곳에 있던 몬스터들이 아무리 강하다고 해도……. 아마, 이성민이 더 강할 것이다.

각성한 지금은 말할 것도 없다. 지금의 이성민은 용언을 자유롭게 다룰 수 있고, 무공의 깨우침도 극에 달했다. 대인전은 물론이고 집단 난전 등 그 어떠한 전투에도 압도적으로 우월했다.

대량 학살은 쉽다. 어렵지 않다. 용언 마법 몇 개만 남발해도 어마어마한 숫자를 순식간에 몰살시킬 수 있다. 하지만, 정신이 버틸 수 있을까. 그걸 모르겠다. 솔직히 자신이 없었다.

시체가 헤아릴 수 없을 정도로 많다. 만 단위? 설마. 이성민은 큭큭거리며 웃었다. 그 단위조차 우스울 숫자다.

위지호연이 만든 세상이다.

무슨 기분이었을까. 이성민은 뒤돌아 서 있던 위지호연의 등을 떠올렸다.

이성민이 기억하고, 알고 있는 위지호연은 언제나 강하고 당당했다. 자기 자신의 행동에 항상 확신을 가지고 있었고 그 무엇도 주저하지 않았다. 공포라는 감정이 없는 것처럼 느껴질 때도 있었다.

하지만 위지호연은 인간이다. 이성민은 위지호연이 타인에게 보여주지 않았던 모습을 알고 있었다.

다른 이들이 들으면 거짓말하지 말라 코웃음 칠지도 모르지만, 위지호연은 꽃과 나비를 좋아한다. 위지호연과 함께 1년을 보낸 요정의 숲은 꽃밭이 참 많았다.

위지호연은 사마련주를 싫어했기 때문에, 그가 거처로 삼은 호숫가에는 다가가지 않았다. 둘의 거처는 호숫가에서 떨어진 한 꽃밭 근처 오두막이었다.

이성민이 사마련주에게 가르침을 받고 돌아오는 시간은 항상 저녁노을이 질 즈음이었다.

요정의 숲은 나무가 많았지만, 위지호연이 거처로 삼은 주변은 높은 나무가 없었다. 덕분에 하늘이 참 잘 보였다.

노을로 하늘이 발갛게 물들 때. 위지호연은 항상 꽃밭에 나와 앉아 이성민을 기다리고 있었다. 얌전히 앉아 두 눈을 감고 명상하는 위지호연의 모습을…… 지금도 생생하게 떠올릴 수 있다.

그리 진하지 않은 들꽃 향기 속에서 위지호연은 언제나 가느다란 미소를 짓고 있었다. 숲의 요정들은 위지호연을 내심 꺼려했기 때문에 다가오지 않았지만, 대신에 많은 나비가 위지호연의 주변을 맴돌곤 했다.

'너를 위해 이러고 있는 것이니까.'

위지호연이 했던 말을 떠올렸다. 가슴이 아프게 욱신거렸다.

이성민이 봉인된 10년 동안 위지호연은 많은 일을 했다. 마령의 가호가 있었다고는 해도, 위지호연은 줄곧 혼자였다. 이성민처럼 허주라는 마음의 버팀목이 있었던 것도 아니다. 스칼렛이나 백소고, 흑룡협 등과 같은 동료가 있었던 것도 아니다. 위지호연은 그 누구보다 많이 종언에 맞섰고, 언제나 혼자였다.

'너는 알까.'

'내가 무엇을 알게 되었는지. 알고 싶지도 않은 진실을 알게 되고, 이 세상에 존재하는 나라는 존재가 나 자신의 뜻으로 살던 것이 아닌, 저 높은 곳에 있는 누군가를 위해 존재한다는 것을.'

'화가 나고 짜증이 났지. 하지만 말이야, 나는 결국 받아들일 수밖에 없었다. 뭐…… 어쩔 수가 없는 거잖아. 결국 받아

들일 수밖에 없었던 거야.'

'나밖에 없잖나.'

그 말을 할 때, 위지호연의 목소리는 떨리고 있었다.

바라지도 않던 책임의 무게에 짓눌려서, 떨었다. 위지호연에게는 선택의 기회조차 없었다. 이번 세상에서 그녀는 마령의 안배였고 이 세상의 종언을 끝내기 위한 장치였다.

'어떡하지?'

괴물을 쓰러뜨려 가며 중얼거렸던 말.

그때 알았다. 위지호연은 철인(鐵人)이 아니라는 것을. 어찌할 수 없는 답답함과 절망감 속에서 그녀는 언제나 고독했다.

이성민이 봉인당한 시간 동안 위지호연은 이 세상의 모든 던전을 정리했다. 그 10년을 위지호연은 어떤 심정으로 보냈을까. 고난스럽지는 않았겠지, 위지호연은 강하니까. 하지만 쉬웠을까. 마음이 편했을까. 재미있었을까.

'너를 위해서.'

'너와 함께 있을 때가 좋았다.'

그 말이 무슨 뜻인지 너무나도 잘 알고 있었다.

위지호연은 그 시절을 그리고 있었다. 노을빛으로 예쁘게 물든 하늘 아래에서, 옅은 향기가 나는 들꽃 한가운데에 앉아 나비를 보던 그 시절. 수련을 마치고 돌아온 이성민을 반겨 몸을 일으키며, '수고했어'라고 말하던 시절. 종언에 대한 걱정도, 답답함도, 절망감도, 억지로 주어진 책임감에도 짓눌리지 않던 시절을.

'나는 그것을 위해 이러고 있는 것이니까.'

그것이 위지호연을 움직이게 한 원동력이었다.

그 시절로 돌아가고 싶다는 일념하에 위지호연은 던전을 떠돌았고, 정령의 여왕을 죽이기 위해 단신으로 정령계에 쳐들어갔고, 이 공간에 떨어져 이 셀 수도 없이 많은 시체를 만들었다.

이성민은 걸음을 멈추었다.

보이는 것은 그대로였다. 어디를 보아도 시체뿐이다. 하지만, 이성민은 더 이상 앞으로 나아갈 수가 없었다. 그는 자신이 보고 있는 것을 믿을 수가 없었다.

"⋯⋯뭐냐⋯⋯."

시체다. 다른 시체가 있었다.

몬스터의 시체가 아닌, 인간의 시체가 가득했다.

'환영인가?'

이성민은 관자놀이를 꾹 눌렀다.

용언을 외워 정신을 맑게 했고 내공을 돌렸다. 그래도 사라지지 않았다. 지금 이성민이 보고 있는 것은 거짓 없는 진실이었다.

'왜 여기에 인간의 시체가 있는 거지?'

이성민은 천천히 몸을 숙여 시체를 보았다. 몬스터의 것보다는 비교적 최근이기는 했지만 죽은 지 꽤 된 시체였다. 그리고 틀림없는 인간의 시체였다.

"……아."

이성민은 작은 소리를 내며 위를 올려 보았다. 해도, 구름도, 별도, 달도 없는 붉은 하늘이 보인다.

아무리 안력을 집중해도 그 너머가 보이지 않는다. 예민해진 감각이 즐비한 악취를 맡았다. 시체 썩은 내에 가려진 냄새가 확연히 다가왔다.

"……뭐야……."

왜 시체가 여기에 있는 걸까.

"……대답해."

이성민은 작은 목소리로 중얼거렸다. 그는 계속해서 움직였다. 시체가 끊이지 않고 보였다.

이성민은 빠득 이를 갈았다. 풀려나온 괴력난신이 자색 빛을 띠며 이성민의 몸을 휘감았다.

"저건 뭐냐?"

신령은 모든 것을 보고 있을 것이다. 이성민이 이곳에 들어올 수 있었던 것도 들어오도록 신령이 길을 열어준 덕분이다.

시체가 너무 많았다. 시체를 밟아 뭉개는 것도 불쾌했다. 이성민의 몸이 쭉 위로 솟구쳤다.

이곳은 대체 어디일까. 너무 늦은 의문이었다. 여태까지는 할 필요가 없는 의문이었다. 이곳은 잠자는 숲에 봉인되어 있는 공간이었고, 카즈야를 비롯한 마을 일족들이 죽으면 봉인이 풀려나 이 안에 있는 괴물들이 쏟아져 나온다.

왜? 그것은 모순이었다. 탐이 풀려나오는 순간은 이 세상이 종언으로 인해 아무것도 남지 않았을 때다. 정확히 말하자면, 전생자가 종언의 실질적인 수행자인 학살포식으로 각성한 다음이다.

학살포식은 그 이름에 걸맞게, 이 세상 모든 살아 있는 것을 죽이고 잡아먹는다. 즉, 잠자는 숲의 결계가 사라질 시점에서의 세상은 이미 아무것도 남지 않았다는 것이다. 그런데 왜 이곳에 괴물이 있어야 하는 것일까. 살아 있는 것이 아무것도 없는 세상에 뭐 하러 괴물을 풀어놔야 하는 것일까.

[시체다.]

이성민은 나는 것을 멈추었다. 그는 멀지 않게 보이는 붉은 하늘을 노려보았다. 질문에 대답한 것은 신령이었다.

"그건 나도 알아. 왜…… 저게 있는 거냐 묻는 거다."

[왜 그러나. 너는 이미 짐작하고 있을 것이라 생각했는데. 예전처럼 아둔한 것도 아니지 않나.]

신령이 웃으며 말했다.

이성민은 꾹 입을 다물었다. 신령의 말이 맞았다. 어느 정도, 짐작하고 있다. 다만 받아들이고 싶지 않았을 뿐이다.

[이 세상은 이미 몇 번이나 반복해 왔다. 그때마다 학살포식은 세상 모든 것을 잡아먹고, 탐은 세상 자체를 집어삼키지.]

"학살포식은 소멸했어"

[다음 세상이 되면 소멸한 학살포식은 다시 나타난다. 애초에 그것은 살아 있는 존재라고 할 만한 것이 아니니까. 이 세상이 인공적으로 만들어진 것처럼, 이 세상을 청소하기 위해 무조건 존재하게 되는 것이 학살포식이지.]

이성민은 시체를 내려 보았다. 끔찍한 기분이었다.

[종언으로 세상이 멸망한다고 해도, 이 세상의 기록이 사라지는 것은 아니다. 그것은 계속 갱신되며 기록되고 있지.]

'왜…… 여기에 이런 것들이 있는 것이냐.'

[가능성을 시험해 보고 싶었다.]

신령이 주저 없이 답했다. 그 대답은 이성민이 가지고 있는 의문에 확신을 주는 답이기도 했다. 더욱 기분이 끔찍해졌다.

이성민은 두 눈을 질끈 감고서 주먹을 쥐었다.

[마령의 가호를 잃은 위지호연을 손에 넣는 것은 쉬운 일이었다. 하지만 완벽하게 통제하는 것은 불가능했어. 그러기에는 그녀의 정신력이 너무 강했거든. 가호를 잃고서도 현혹되지 않다니…… 덕분에 먼저 그녀의 정신을 무너뜨려야만 했지.]

더 듣고 싶지 않았다.

[어떤 식으로 정신을 무너뜨려야 할지 제법 고민했는데, 고통과 고문 같은 것으로는 가능할 것 같지 않았어. 지저분하기도 하고. 게다가 이쪽이 방법으로써도 더 마음에 들었다. 만약 그녀에게 남은 가능성이 있다면, 그것을 극대화할 수 있다고 생각했다.]

그래서.

[우선 몬스터를 써보았다. 몬스터에 대한 기록은 얼마든지 있었지. 이 세상에 존재했던 몬스터들이 얼마나 될 것이라 생각하나? 던전의 몬스터들까지 더했지. 누가 설명해 주지 않아도, 위지호연은 자연스레 납득하더군. 이곳에 있는 몬스터를 모두 죽여야 한다고.]

그것이 이 공간에서 탈출할 방법은 아니라고 해도. 위지호연은 그렇게 할 수밖에 없었다. 그녀는 반드시 종언을 막아야만 했으니까.

[전투는 길기만 할 뿐이지 성과를 얻지는 못했다. 위지호연의 힘이 너무 강했어. 가능성에 대한 성과를 얻지는 못했어도 무의미한 시간은 아니었다. 수만, 수십만, 수백만…… 그조차 넘어선 단위를 죽여간다면, 아무리 대단한 존재라고 해도 정신이 이상해질 수밖에 없지. 게다가 위지호연은 인간이었고.]

꽃밭에 앉아 있던 위지호연을 떠올린다. 나비를 향해 손을 뻗던 그녀를. 노을 아래에서 웃던 그녀를.

[그다음은 인외를 골랐다. 이번에도 위지호연은 머뭇거리지 않았다. 지치지도 않았어. 죽이고, 죽이고, 또 죽이고…… 봐라, 시체가 제법 많지 않나? 이것도 몇 번이나 치워낸 것이다.]

신령이 껄껄 웃었다.

[그다음은 인간이었다. 그 시점에서…… 하하. 인간은 참 신기해. 많은 가능성을 가지고 있지만, 너무 약하지. 육체를 아무리 단련한다고 해도 정신은 어찌할 수가 없어.]

위지호연은 철인이 아니다.

잘 알고 있었다. 저주를 받아 약해졌을 때의 위지호연을 기억하고 있다. 이 숲에서, 서로를 보아도 서로에게 닿을 수 없던 곳에서. 어떻게 해야 하지? 라고 몇 번이나 중얼거리던 위지호연을 안다. 실패하는 것이 두렵고, 종언을 막지 못하고 전부 다 끝나 버리는 것이 아닐까 두려워하며 떨던 위지호연을 안다.

[하지만 결국 할 수밖에 없었지. 그녀는 자신의 행동이 종언

을 막기 위한 것이라고 생각하고 있었으니까. 누구와 닮지 않았느냐?]

양팔이 잘리고, 자조적인 웃음을 흘리며 혈맥을 터뜨려 죽은 무신. 그는 그 직전까지도 자신이 해온 모든 행동이 종언을 막기 위한 것이라 생각하고 있었다.

"……달라."

이성민은 어디에 있는지 모를 신령을 향해 내뱉었다.

"이건, 정말로 종언을 막기 위한 것이니까."

[아주 다르지도 않다.]

신령이 이성민의 말을 부정했다.

[이곳에서 위지호연이 벌인 학살은 아무 의미가 없었다. 정말로 아무 의미도 없었어. 그냥 학살일 뿐이었다. 그리고…… 만약 이것이 종언을 막기 위한 행동이었다고는 해도. 사람인 이상 정신이 버티지는 못해.]

온갖 감정이 가슴 속에서 소용돌이쳤다. 본래 어떤 감정인지 알 수 없을 정도로 섞이고 섞여서 결국에는 역겹다 느껴졌다.

이성민은 고개를 푹 숙이고 심호흡을 했다. 상상도 공감도 되지 않았다.

이곳에서 위지호연은 쉬지 않고 모든 것을 죽였다. 이 세상. 에리아에 기록되었던 모든 존재가 그녀의 적이었다. 몬스터, 인외, 인간…….

[어느 순간부터 그녀의 정신은 허물어졌지.]

이성민은 감각을 활짝 열었다. 이 넓은 공간 전체가 포착되었다. 그곳에서 이성민은 유일하게 살아 있는 존재 하나를 느낄 수 있었다.

[쉬지 않고 반복된 살육이다. 세상의 그 어떤 존재도, 이만큼 많은 존재를 죽이진 못했다. 그래, 전쟁을 벌이면 많은 사람이 죽지. 하지만 전쟁을 일으킨 놈이 전쟁에서 죽은 모든 사람을 '직접' 죽이는 것은 아니잖나? 하지만 위지호연, 그녀는 직접 해야 했어. 전부, 직접. 곁에는 아무도 없었다. 누구에게 힘들다고 말하지도 못했어.]

이성민의 몸이 자색 전류에 휘감겼다. 그는 전력을 다해 질풍신뢰를 펼쳤다.

빠지지지직!

붉은 하늘 한가운데에 자색 전류가 길게 뻗어져 나갔다. 모든 풍경이 빠르게 스쳐 지나갔다.

[이곳에서 죽은 모든 존재는 이전 세상에서 살았던 이들의 기록을 투영한 것에 지나지 않아. 이 공간에서밖에 존재할 수 없고, 밖으로 내보낼 수는 없다. 이미 전부 죽어버렸기 때문에 다시 투영하는 것도 불가능하지. 하지만, 그들은 이 공간 안에서 틀림없이 살아 있었다.]

거리가 가까워진다.

[필요 없는 인격은 투영 단계에서 말살했고, 하나의 목적만을 가졌다. 위지호연을 죽이는 것. 상상할 수 있나? 이전 세상에서 살았던 모든 존재가. 셀 수도 없이 많은 모든 존재의 무조건적인 살의를. 그 살의를 받으면서, 모든 것을 죽여 버린 인간의 정신이 어떻게 되어버리는지.]

인간은 약하다. 아무리 육체를 단련한다고 해도, 정신은 어쩔 수가 없는 법이다.

그 사실은 이성민도 잘 알고 있었다. 예전에, 데니르의 정신 수련을 받았을 때. 이성민의 정신은 2,100년이라는 아득한 시간 속에서 몇 번이나 붕괴되었다.

정신 줄을 잡고 버틴 것이 고작해야 수백 년 남짓이었고, 그 이후는 정신이 붕괴되고, 재생되는 것을 반복했다. 그것이 가능했던 것은 이성민의 정신이 강력한 가호로 보호받았기 때문이었다. 하지만 위지호연에게는 그런 가호도 없었다.

아무것도 없는 세상에서, 혼자서 미친 듯이 무공만 수련했을 때와는 경우가 다르다. 죽이고, 죽이고, 죽이고…….

[죽어가는 이들은 모두 비명을 지르고 저주를 쏟아냈지. 남녀노소를 가리지 않아. 걸음마를 갓 뗀 아이조차도 서툰 말로 욕을 하며 위지호연을 죽이려 들었고, 위지호연은 그것을 기계처럼 죽여갔다. 결과는 아주 만족스러웠다. 마령이 그녀의 존재를 고정해 준 것 또한 다행이었지. 덕분에 위지호연은 투

신전에 들지도 못하고, 인간으로 남아서…….]

더 이상 듣고 싶지 않았다.

타악.

이성민은 시체들 위로 떨어졌다. 여태까지 보아온 시체 중에서 이곳의 시체들이 가장 최근이었다.

그러나 가장 처참했다. 본래 인간이었는지 다른 무엇인지도 알 수 없는 고깃덩이들이 사방에 흩어지고 뭉치고 쌓여 있었다. 썩은 내 속에서 피비린내가 진했다.

이곳은 지옥이다. 그런 생각이 들었다.

"아니, 지옥보다 더해."

작은 목소리로 중얼거린 이성민은 씁쓸한 눈으로 위지호연을 보았다.

커다란 피 웅덩이 속에 위지호연이 주저앉아 있었다. 흑단처럼 아름답던 머리카락은 피에 흠뻑 젖어 엉겨 붙어 있었다. 희고 깨끗하던 피부도 본래의 색이 보이지 않았다. 언제나 어깨에 두르고 무기로 사용하던 흑룡포는 누더기가 되어 축 늘어져 있었다. 입은 옷도 멀쩡한 부분이 없었고 색은 스며든 피가 굳고 썩어 검붉었다.

"……위지호연."

이성민은 작은 목소리로 그녀의 이름을 불렀다.

[정신은 이미 붕괴했다. 그것을 다루는 것은 쉬운 일이야.]

"호연아."

이성민은 다시 한번 위지호연을 불렀다. 위지호연의 고개가 천천히 들렸다.

[네가 용언 마법을 사용할 수 있다는 것은 안다. 하지만 용언 마법이라고 해도 모든 것을 가능하게 하는 것은 아니지.]

이쪽을 돌아본 위지호연의 눈에는 아무런 감정도 없었다.

위지호연이 몸을 일으켰다.

[드디어 수확의 때가 왔구나.]

신령이 기대에 부푼 목소리로 말했다.

[이번 세상에서의 마지막 성과를 거두게 해다오.]

이성민은 용언을 외웠다. 하지만 아무 일도 일어나지 않았다. 정신이 붕괴된 상태에서 가해진 신령의 주박은 용언으로 푸는 것이 불가능할 정도로 강력했다.

당연한 일이었다. 만약 그런 것이 가능했더라면, 드래곤들이 이 세상을 탈출할 필요도 없었을 것이다.

"……또……."

위지호연의 입술이 열렸다. 그녀는 멍한 눈으로 이성민을 보며, 작은 목소리로 중얼거렸다.

위지호연의 어깨가 파르르 떨렸다.

"또…… 그래, 또. 해야지."

위지호연은 머리를 끄덕거리며 중얼거렸다.

"호연아."

다시 한번 위지호연의 이름을 불렀지만, 그녀는 대답하지 않았다. 지금의 위지호연은 이성민을 알아보지도 못하고 있었다.

이성민이 아무리 그녀의 이름을 부른다 해도 그 목소리는 절대로 위지호연에게 전해지지 않는다. 둘 사이에 있었던 모든 기억은 지금의 위지호연에게는 완전히 배제되어 있었다.

"……끝내야 해……."

위지호연은 계속해서 중얼거렸다.

"원망하지 마. 나는…… 해야 해. 돌아, 돌아가야…… 돌아가고 싶어. 그때…… 좋아서. 어디? 언제…… 뭐? 난 왜…… 왜 이러고 있더라……?"

끊기는 말을 들으면서 이성민은 요동치는 감정을 삼켰다. 절규하고 오열하고 싶었다. 어디로 돌아가고 싶은지도 잊고서, 언제가 좋았는지도 모르면서. 그러면서도 막연하게 그때를 그리는 위지호연을 보니 모든 것이 저주스러웠다.

"모르겠어……."

누더기와 다를 것 없는 흑룡포가 덜덜 떨리며 위로 들렸다. 흑룡포로 몸을 휘감은 위지호연은 양손을 들어 눈 앞을 가리고 있는 앞머리를 뒤로 쓸어 넘겼다. 후둑거리며 핏물이 떨어졌다.

"그래도 해야 해."

위지호연의 눈에 빛이 돌아왔다.

"위해······ 그 녀석, 그 녀석을 위해서······ 난······."

위지호연의 눈썹이 찡그려졌다.

"······그게 누구였지?"

흑룡포가 쏘아졌다. 그 공격은 이성민이 보았던 그 어떤 공격보다 빨랐다. 무신은 말할 것도 없었고, 제니엘라보다, 그리고 사마련주보다.

꽈아아앙!

이성민이 휘두른 무형창과 흑룡포가 부딪쳤다. 손아귀가 저릿거렸고 무형창이 소멸했다. 위지호연의 흑룡포도 그 공격을 처음이자 마지막으로 하여 가루가 되어 사라졌다.

"······호연아."

잠자는 숲에서, 등 돌려 떨던 위지호연에게 했던 말을 떠올렸다.

'내가 있어.'

'네가 실패한 것에 절망하지 않아도 돼. 네가 그곳에 있어도, 이 세상에는 내가 있어.'

'네가 하지 못한다면, 내가 하면 되는 거야.'

이성민은 성큼 앞으로 걸었다. 위지호연은 흑룡포가 흩어지는 것을 보며 눈을 깜박거렸다.

이윽고 그녀의 두 눈에 살의가 꿈틀거렸다.

'너무 늦어지면…… 네가 나를 데리러 와줄 수 있을까?

위지호연이 주저하며 했던 말.

'반드시.'

그 대답에 위지호연은 웃었다.

"너무 늦어서 미안해."

울 것 같은 기분을 억누르고, 억지로 웃었다.

위지호연은 머뭇거림 없이 이성민을 죽이기 위해 뛰어들었다.

4장
위지호연(2)

위지호연과는 여러 번 싸워보았다.

처음 위지호연과 싸웠을 때, 이성민의 나이는 14살이었고 위지호연의 나이는 13살이었다. 그때의 위지호연은…… 아무 것도 모르는 이성민이 보기에도, 정말 같은 사람인 것이라 납득가지 않을 정도로 뛰어났다.

또한 중원 마교 소교주라는 그녀의 신분은, 에리아에서 생존해 나가는 것에 있어 최상의 배경이었다. 그녀는 무공에 익숙했고, 싸움과 살인에도 익숙했다. 알고 있는 무공도 많아 얼마든지 성장할 수도 있었다.

위지호연과의 만남은 이성민에게 있어서 가장 큰 기연이었다. 그가 위지호연과의 접촉을 어느 정도 의도했던 것은 사실이지만, 지금 와서 생각해 보면 둘은 애초에 만나고 엮일 운명이었다. 위지호연과의 만남으로 인해 이성민은 저급한 무공이 아닌 최상승 무공을 아주 쉽게 손에 넣을 수 있었다.

위지호연이 제나비스를 떠나기 전날. 이성민은 위지호연과 대련했다. 결과는 당연한 패배였다. 10초를 양보받았음에도 위지호연의 옷깃 하나 스치지 못했다. 너무 당연한 결과라 분하다는 생각도 들지 않았다.

그때부터 위지호연은, 이성민에게 있어서 가장 중요한 목표가 되었다. 13살의 어린 소녀에게 삶에 목적을 두라 훈계를 받았다. 무엇을 위해 살아야 할지 모르겠다면, '나'를 뛰어넘으라는 말을 들었다.

그렇게 살았다. 위지호연을 뛰어넘기 위해서 므쉬의 산에 들어갔다. 무공을 수행했다. 던전에서 위지호연의 도플갱어를 쓰러뜨렸을 때, 조금은 가까워졌다고 생각했다.

루베스에서 저주로 약해진 위지호연을 만났을 때…… 그토록 강했던 위지호연이, 철인처럼 여겨지던 위지호연이, 결국은 사람이라는 것을 조금 알게 되었다.

요정의 숲에서 위지호연과 다시 대련했다. 이겼다. 승리는 희열보다는 갈등을 주었다. 그때 알았다. 사실, 내가 바란 것은 위지호연을 뛰어넘는 것이 아니라는 것을.

위지호연을 쭉 목표로 남기고, 그녀를 뛰어넘거나, 동등해지는 것보다는 위지호연의 뒤를 쫓는 것임을 알게 되었다.

마음은 고쳐먹었다. 일 년 동안 위지호연과 살았고, 자주 대련했다. 대부분 이겼고, 일 년의 끝 무렵에서는 몇 번 동수를 이루었다. 같은 일 년을 보냈어도 위지호연의 성장 속도는 이성민과 비교가 되지 않았다.

그리고 지금. 공간을 뛰어넘어 들어오는 위지호연의 속도가 상상 이상이다. 온몸에 피 칠갑을 한 그녀가 몸을 움직일 때마다 말라붙은 피가 붉은 가루가 되어 흩날렸다.

정신이 붕괴된 그녀는 이성민을 알아보지 못했다. 왜 자신이 이곳에 있는 것인지는 어렴풋이만 기억하고 있었고, 왜 이런 일을 하고 있는지도 잘…… 기억하지 못했다.

'모르겠어……. 그래도 해야 해.'

위지호연이 중얼거린 말을 떠올린다. 왜 이곳에 있는지. 왜 이런 일을 하고 있는 것인지도 모른다. 그럼에도 해야 한다.

그녀가 최초에 종언을 막고자 했던 이유는 간절함이 되었고, 이제는 스스로 이해할 수도 없는 저주와 주박이 되어 있었다. 그럼에도 한다. 해야 한다고 생각하고, 그것을 의심하지 않는다. 끔찍한 기분이었다. 저렇게까지 몰려서 무너져 버린 위지호연이.

지금 이성민의 앞에 있는 것은 세상 하나를 몰살시키는 것을 버티지 못하고 정신이 붕괴한 여자였다. 이성민을 위해 그러고자 했고, 결국 버티지 못하고…… 절망하고, 미쳐 버린 이성민이 사랑하는 여자였다.

그러니 피할 수가 없다. 도망쳐서는 안 된다. 투신전에 들어 탈출하는 것이 가능하다고 해도, 절대로 이성민은 도망치지 않는다.

신령은 영리했다. 정신이 붕괴된 위지호연은 신령이 부릴 수 있는 최고의 꼭두각시였다. 맹목적이었지만 힘이 부족했던 무신과는 다르다. 애당초 신령이 위지호연에게 바라는 것은 무신에게 바라던 것과 달랐다.

판단력 따위는 필요 없다. 그냥, 싸울 수 있으면 된다. 정신이 붕괴된 위지호연이 손을 휘두른다.

이성민은 급히 거리를 유지하며 무형창을 휘둘렀다.

쩌어엉!

무형창과 위지호연의 손이 충돌하기 전에 공간이 깨져 나갔다. 서로를 두르고 있던 호신강기가 충돌하면서 사방으로 빛이 튀었다.

무겁다. 무형창의 끄트머리가 소멸하고 있었다. 위지호연의 힘은 상상 이상이었다.

솔직히, 조금은…… 그런 생각도 하고 있었다. 10년이라는 시간 동안 위지호연이 아무리 강해졌다고 해도, 지금의 나만큼은 아닐 것이라는 생각. 오만이 아니라, 당연히 할 법한 생각이었다.

지금의 이성민은 투신전에 들 자격이 있었고, 사마련주의 기억을 토대로 그의 무공을 완벽하게 사용할 수 있었다. 용언도 쓸 수 있고 혈마의 수라천살공도 쓸 수 있다.

내공, 마력, 요력. 그 무엇 하나 부족하지 않으며 학살포식의 육체는 세상 그 어떤 몸뚱이보다 뛰어나다. 머리가 날아가고 몸이 썰리는, 반드시 죽을 상처에서도 재생할 수 있다.

반면에 위지호연은 인간이다. 10년 전의 위지호연은 그 당시의 이성민과 동수를 이루는 것에 그쳤다. 10년이라는 시간 동안 종언의 재앙에 맞서 모든 던전을 홀로 돌파, 공략하면서 던전의 힘을 흡수했다는 것은 들었다. 정령계에 단독으로 쳐들어가 정령의 여왕을 몰아붙였다는 것도 안다. 하지만 소멸시키지는 못했다. '거기서' 이성민은 위지호연의 수준을 어느 정도 판단했다.

아무리 강한 힘을 가지고, 부조리할 정도의 재능을 가지고, 성좌와 운명의 가호까지 받았다고 해도. 위지호연은 인간이었다. 존재가 고정당했기 때문에 인간일 수밖에 없었다. 위지호연은 초월자인 정령의 여왕을 소멸시키지 못했다.

숲에 들어오기 전의 이성민이 위지호연의 힘을 예측한 근거는 그런 것들이었다. 힘들기는 하겠지만…… 제압할 수 있을 것이라고 생각했다.

　오판이었다. 위지호연의 힘은 상상 이상이었다.

　'어디서 예측이 엇나갔지?'

　거리를 벌린다. 위지호연이 좁혀오는 속도가 빠르다. 연이어 뻗는 장법에 대응하기에 창은 길고 거추장스럽다.

　'거리를 늘릴까, 아니, 우선 판단을 먼저.'

　이성민의 양손이 빠르게 움직였다. 그의 손이 혈마와 사마련주의 기억을 토대로 움직였다. 수라천살공의 패도적인 타격과 흑뢰번천의 속도.

　퍼버버벙!

　연이어 터진 타격음은 폭발 소리처럼 컸다. 이성민은 욱신거리는 자신의 양손을 내려 보았다. 터진 것은 이쪽이었다.

　'그렇군.'

　판단했다. 어디서 예측이 엇나갔는가. 생각할 가치도 없는 질문이었다.

　이 공간에서 위지호연은 몇 번이고 자신의 한계를 뛰어넘었다. 이 세상에서 투영된 것은 저번 세상을 살았던 모든 존재이다. 그들 모두가 위지호연을 죽이겠다는 목적을 가지고서 그녀에게 덤볐고, 위지호연은 그들 모두를 죽였다. 이 공간에서 위지호연은 종언에 저항하는 마령의 안배가 아닌, 종언을 집행하는 재앙이었다.

결국, 그녀는 세상 모든 존재를 죽였다. 이 공간에서 위지호연은 학살포식이었고 탐이었다. 쉬지 않고 싸우며 세상 모든 존재를 시체로 만들었다.

그러는 과정에서 위지호연의 무공은 자잘한 군더더기를 모두 버리고 무조건 죽이기 위한 최고의 형태에 도달했다. 더 빠르게, 더 강하게. 더 완벽하게.

또한, 그녀에게는 머뭇거림이 없다.

이성민은 상대가 위지호연이라는 것을 안다. 그녀를 사랑하고, 다치게 하고 싶지 않았다. 그렇기에 손속에 사정을 둘 수밖에 없다. 죽인다는 생각은 아예 하고 있지 않다. 어떻게든 제압해야만 했다.

반면에 위지호연은 이성민을 모른다. 무너진 정신은 이성민이라는 존재 자체를 떠올리지 못하고 있다. 그녀가 저렇게 되어버린 것은 이성민을 위해서였고, 과거 둘이서 함께 지내던 때로 돌아가고 싶어서였다.

지금의 위지호연은 그거조차 기억하지 못한다. 그냥, 해야만 한다는 생각만 하고 있다. 무언가를 죽이는 것은 지금의 위지호연에게는 익숙한 일이었다. 기계적으로 수행할 뿐이고, 그것에 사적 감정은 조금도 없다.

그게 너무 아팠다. 제니엘라가 주고자 했던 절망감이 가슴속에서 스멀거리며 퍼져나가고 있었다.

신령을 죽여 버리고 싶었다. 위지호연을 저렇게 만들고, 지금 이 순간에도 이 싸움을 기록하며 즐겁게 관조하고 있을 신령을 찢어버리고 싶었다.

"해야 해."

위지호연이 중얼거리는 소리가 들렸다. 그녀의 공격은 예측되지도 않았고 보이지도 느껴지지도 않았다.

방어를 굳건히 세우며 버텼다. 호신강기가 터졌고 갑옷이 박살 났다. 으직거리는 소리가 났다. 왼쪽 어깨가 박살 나는 소리였다.

순식간에 재생하며 반걸음 뒤로 물러섰다. 일장을 뻗어 위지호연과의 사이 공간을 터뜨렸다.

위지호연의 몸이 쭉 뒤로 밀려났다. 그 순간에 눈이 마주쳤다. 살의만을 담고 있는 두 눈을 보며 감정이 살해당하는 느낌을 받았다.

어중간한 마음만으로는 안 된다. 상처 입히지 않고 제압하겠다고? 과한 욕심이다. 작정하고 죽이려 드는 위지호연을 상대로 그런 물러 터진 마음을 가지고 있다가는 이쪽이 죽는다.

이성민은 빠득 이를 갈았다. 자색 호신강기가 그의 온몸을 휘어 감았다.

폭발의 충격으로 조금 물러서기는 했지만, 위지호연에게 상처는 없었다. 그녀는 저돌적으로 움직였다. 근접 거리에서 위지호연의 움직임은 감각으로 포착할 수가 없었다. 그렇다면 예측한다.

확신 없는 예측을 믿으며 이성민은 움직였다. 무조건 막거나 피할 필요는 없다. 그것이야말로 지금 상황에서 이성민이 가지고 있는 압도적인 이점이었다.

콰, 콰, 쾅!

폭발음이 뚝뚝 끊기며 터진다. 공간 전체가 뒤흔들리고 바닥에 쌓인 시체들이 흔적도 없이 소멸했다. 위지호연의 몸이 아래로 떨어졌다.

그녀의 발이 땅에 닿기 전에 이성민은 흑뢰번천의 속도로 그를 추격했다.

위지호연은 머리를 들어 다가오는 이성민을 보았다. 그녀의 수족을 대신했던 흑룡포는 소멸했지만, 그 대신에 풀어놓은 강기가 공격을 위한 형태를 갖추었다.

부푼 강기가 위지호연의 등 뒤에서 하나로 모이고 폭발했다. 그 색은 그녀의 머리카락처럼 검었고, 이성민의 시야를 시커먼 강기가 뒤덮었다.

이성민의 손에 쥐어진 무형창이 쏘아졌다. 이런 경우에서 언제나 길을 열어주는 것은 구천무극창의 초식 중 하나인 공도였다.

매섭게 회전하는 힘이 위지호연의 힘을 통째로 휘감았다.

그렇게 위지호연과 이어지는 길이 열렸다.

위지호연은 조금도 당황하지 않았다. 그녀는 이성민이 누구인지 몰랐지만, 이성민이 펼치는 무공은 알고 있었다.

흩어졌던 힘이 다시 위지호연에게 모였다. 위지호연의 양손이 가슴 앞으로 모였다.

콰아아아앙!

커다란 폭발이 일어났다. 만약 이곳이 이런 독립된 공간이 아니라 에리아였더라면, 방금의 폭발로 지도가 바뀌었을 것이다.

이성민은 폭발을 감지한 순간 질풍신뢰와 블링크를 연이어 사용해 폭발의 반경에서 벗어났다.

"미친……."

이성민은 자신도 모르게 그런 중얼거림을 흘렸다.

아무것도 보이지 않았다. 그 산처럼 많은 시체가 한번에 소멸했다. 뻥 뚫린 바닥에는 혼돈이 회오리치고 있었다.

그리고 그것은 곧바로 흙으로 메워졌다. 아무래도 이 공간을 힘으로 박살 내는 것은 무리인 모양이었다.

'결국 위지호연을 어떻게 하는 수밖에 없어.'

지금 상황에서 열쇠를 사용할 수는 없다. 열쇠는 신령조차 존재를 알지 못하는 것으로, 마령이 위지호연과 함께 심혈을 기울여 만들어낸 것이다.

본래 이것은…… 이성민이 아닌 위지호연에게 쥐어졌어야

만 했다. 열쇠가 위지호연이 아닌 이성민에게 주어진 것 자체가 마령의 눈속임이었다. 그 시점에서 신령의 이목은 이성민이 아닌 위지호연에게 집중되어 있었다.

신령, 마령, 학살포식. 이 세 존재 사이에 교류는 없다. 각성한 학살포식은 열쇠의 존재조차 알지 못했다. 신령 역시 마찬가지다. 오직 마령만이 열쇠를 만들어 감추었고, 예정대로였다면……. 학살포식으로 각성한 이성민은 위지호연에게 살해되고, 열쇠는 그녀에게 주어졌어야만 했다.

이성민은 품 안에 있는 열쇠에 대한 생각을 거두었다. 당장 쓸 수도 없는 것을 생각하는 것은 의미가 없다. 열쇠를 사용하기 위해서는 위지호연을 어떻게든 쓰러뜨려야 했고, 탐이 모습을 드러내게 만들어야만 했다.

저만한 폭발을 일으켰으면서도 위지호연은 조금도 지치지 않았다. 그녀는 감정 없이 무뚝뚝한 눈으로 이성민을 쫓았다.

눈이 마주치자, 이성민은 억지로 웃어주었다. 위지호연의 표정에는 변화가 없었다.

"미안해."

이성민은 작은 목소리로 중얼거렸다.

어쩔 수 없다는 것은 안다. 위지호연이 저러고 싶어서 저러는 것이 아니라는 것도 알고. 그녀가 저렇게 되어버린 것의 근본적인 이유가, 약해 빠진 '나' 때문이라는 것도 안다.

그래서 사과해야만 했다. 너무 늦게 오기도 했고. 위지호연에게 너무 과한 짐을 짊어지기도 했고. 결국 그녀를 아프게 해야 할 테니까.

핏방울이 튀었다.

위지호연의 눈썹이 꿈틀거렸다. 휘청거린 그녀가 태세를 정비하기도 전에 이성민은 주저 없이 공격을 쏟아부었다.

그의 등 뒤에서 뭉친 강기가 아수라의 형상을 갖추었다. 아수라가 여섯 개의 팔을 휘둘렀고 이성민의 주변에서 무형창이 회오리쳤다.

이성민이 구현시킨 수백 개의 창이 창술의 극의를 담고서 위지호연을 노렸다.

조금 뒤로 물러서긴 했지만 위지호연은 거의 상처를 입지 않았다. 인간으로 남은 그녀에게 이성민만큼의 재생력은 없었다. 하지만, 위지호연이 가진 존재로서의 격이 인간에 고정되었다 한들 그녀의 육체는 이미 인간이라 할 수 없었다.

작은 틈 없이 몰아붙이는 공격을 위지호연은 정공으로 돌파했다. 그녀의 눈은 많은 것을 보았고 몸놀림은 가벼웠다. 이성민의 힘이 세상 모든 것을 부수는 패력이라면 위지호연은 작은 바람에도 날아가는 깃털이고 먼지였다.

그러한 위지호연의 움직임에, 이성민은 더욱 경외감을 느꼈다. 그녀의 재능이 마령에 의해 주어진 것임은 안다. 하지만.

'나라면 가능했을까.'

공간 전체를 장악한 무형창의 공격에서 위지호연은 상처 하나 입지 않았다. 그녀는 최소한의 움직임으로 최적의 결과를 만들어냈다.

그녀의 손이 만들어낸 자그마한 틈이 길이 되었다. 이성민은 자신의 공격이 위지호연의 손길과 부딪쳐 전혀 다른 방향으로 꺾이는 것을 보았다.

그 순간에 그는 질풍신뢰 멸살로 공간 전체를 새로이 장악했다. 사방이 번개로 가득 찼다. 그 한가운데에서 위지호연은 조용히 양손을 들었다.

이미 이 세상에 시체는 남아 있지 않았다. 소멸한 시체들이 남긴 악취의 구렁텅이 속에서 위지호연은 이름 모를 들꽃의 향기를 떠올렸다.

그것은, 이성민도 본 적이 있었다. 요정의 숲. 그곳에서 위지호연과 살던 때에.

초월지경의 심득은 공간에 간섭하는 것이고, 그것을 기본으로 하여 '방향성'을 정해 나아가는 것이라 사마련주는 가르쳤다.

흑뢰번천이 속도라면, 수라천살공은 힘이다. 무신의 무공은 환의 극의를 추구하고 있었다. 제각각 다른 방향성을 고르고 나아가, 얼마나 완성시키느냐가 초월지경의 격을 가른다.

숲에서 함께 지내던 시절, 위지호연 역시 그런 과정을 지나고 있었다. 이성민의 경우에는 사마련주의 제자가 되어, 스스로 창안할 필요 없이 흑뢰번천을 배우기만 하면 되었다.

하지만 위지호연은 아니었다. 사마련주의 가르침을 거부한 그녀는, 스스로 자신이 사용할 무공을 새로이 창안했다.

숲을 떠나 헤어지기 직전까지. 위지호연의 무공은 미완성이었다. 그 미완성인 무공으로 위지호연은 사마련주의 찬사를 받았고 이성민과 동수를 이루었다. 위지호연은 자신의 무공에 이름을 붙이지 않았다. 미완성이니 붙일 이름도 없다는 것이 이유였다.

10년 전의 이야기다. 번개가 작렬하는 세상에서 꽃밭이 만들어졌다. 강기로 만들어낸 붉은 꽃들이 위지호연의 주변을 가득 메웠다.

그녀는 싸늘한 눈으로 공간을 뛰어다니는 이성민을 좇았다. 위지호연의 손끝이 움직였다.

파앙.

꽃들이 모조리 만개했다. 터진 꽃잎들이 사방으로 비산했다. 그것 모두가 한계까지 압축한 강기의 파편이었다. 세상 무엇보다 아름다운 무공이었다.

"만화(滿花)."

위지호연이 중얼거렸다. 강기의 꽃이 증식했다. 꽃잎이 새로운 꽃이 되었다. 모든 던전을 공략하고 그 힘을 흡수한 위지호연의 내공에는 한계가 없었다. 만뢰가 터졌다.

이성민이 일으킨 폭발과 위지호연이 일으킨 폭발이 서로 충돌했다. 소리가, 아니, 세상 전체가 사라지는 것만 같았다. 부딪쳐 상쇄되고 소멸한 힘이 공간을 뒤흔들었다.

이만한 힘이 충돌했음에도 공간은 박살 나지 않았다. 멀리서 흐뭇한 웃음소리가 들렸다. 빌어먹을 신령의 웃음소리였다.

'지배, 장악…… 완성도만을 따지자면 흑뢰번천 이상이다.'

사마련주의 기억이 그렇게 판단했다.

쿠우우우웅!

뒤늦게 소리가 울렸다. 크게 분 바람이 위지호연과 이성민을 끌어당겼다. 방금의 충돌로 물리 법칙이 고장 났다. 꼬인 중력이 모든 것을 집어삼키는 시커먼 구멍을 만들었다.

위지호연은 조금도 당황하지 않았다. 다시 꽃이 피어났다. 위지호연이 양손을 가슴 앞으로 모았다.

파스스스스!

셀 수 없이 많은 꽃이 무너져 수억 마리의 나비가 되었다. 나비가 날았다.

이성민은 숨을 들이 삼키며 무형창을 구현했다. 구천무극창? 아니, 무리다. 구천무극창으로는 약하다.

이성민은 빠득 이를 갈았다. 무공에 정점을 찍은 사마련주와 혈마의 기억을 가지고 있지만, 그들의 기억을 통해 위지호연 이상 가는 무공을 만들기에는 시간이 없었다.

개벽, 개벽, 개벽. 무형창이 연달아 빛을 터뜨렸다. 나비들이 모조리 휩쓸렸다.

'무공만으로는 부족해.'

이성민은 재빠르게 용언을 외었다. 온갖 종류의 마법이 그의 몸을 휘감았다. 더 빠르고 더 강하게.

두 눈이 위지호연의 위치를 보았다. 그 순간 공간 좌표를 읽었고 마법을 터뜨렸다.

폭염이 위지호연의 몸을 집어삼켰다. 그 순간에 피어난 꽃들이 위지호연의 몸을 휘감았다.

공수가 완벽해. 이 속도를 반응한다고? 예측인가, 아니면 단순 반응? 모르겠다. 그리 좋지 않은 예감이 들었다.

이성민은 계속해서 용언 마법을 펼쳤다. 캐스팅이 필요하지 않은 마법은 초고속의 즉발이었지만 위지호연에게는 통하지 않았다.

'확실해.'

불안감이 사실이 되었다. 당장의 위기감은 아닐지라도 앞으로를 생각한다면 빌어먹고, 개 같은 일이었다.

'이 순간에도 성장하고 있어.'

확실했다. 처음과 지금의 반응이 다르다. 천천히, 그러나 확실하게. 위지호연은 이 싸움에 적응하고, 성장하고 있었다.

그 경악스러운 사실에 이성민은 헛웃음을 흘렸다. 일단, 이 것 하나만큼은 확실했다. 만약 예정대로 위지호연이 종언을 끝낼 역할을 맡았더라면. 이 세상 자체를 끝내 버리는 종언을, 위지호연은 별문제 없이 무난하게 막아냈을 것이다.

'오만했어.'

스스로에게 자책했다. 결국 아프게 할 테니까, 미안하다고? 누가 누구를 걱정하는 것인지.

나비가 움직였다. 꽃은 이미 공간 전체를 휘감았다. 이곳은 살풍경한 지옥이 아닌 붉은 꽃이 만개한 꽃밭이었다.

나비가 꽃들 사이를 노닐었다. 간파가 안 된다. 예측도 안 된 다. 수십 겹의 결계가 순식간에 박살 났다.

다시 수백 개의 결계를 만들어 버렸다. 깨지는 것에 오래 걸 리지 않는다.

이성민은 전력을 끌어내어 회전을 만들었다. 관천이되 관천 이 아닌, 무식하기 짝이 없는 폭력이 꽃밭을 관통했다.

"재밌어."

작은 중얼거림이 들렸다.

이성민은 흠칫 놀라 위지호연을 보았다. 저 먼 곳에서 위지 호연은 머리를 끄덕거리고 있었다.

"너……"

서로의 시선이 마주쳤다. 이성민은 위지호연의 입가에 지어진 미소를 보았다.

이성민은 위지호연의 두 눈에서 새로운 감정을 읽어냈다. 위지호연은 이 싸움에서 즐거움을 느끼고 있었다.

"난······."

"너랑 싸우는 것은 재미있지만."

위지호연이 중얼거렸다.

"그래도, 계속 싸울 수는 없어. 난, 나는, 그러니까, 해야 하거든. 죽여서······ 또 죽여야 해."

조금 희망을 품었다. 싸우면서, 위지호연의 정신이 되돌아올지도 모른다는 희망을.

하지만 위지호연이 중얼거린 말은 이성민이 품은 희망을 전면에서 부정하는 것이었다.

'괜찮아.'

괜찮지 않아.

역겨운 기분이었다. 이 모든 상황이. 이렇게 되어버린 것이.

"끝은 언제지?"

위지호연이 중얼거렸다.

그녀는 이미 움직이고 있었다. '나'를 죽이기 위해서. 그럴 수밖에 없겠지. 지금의 위지호연은 망가졌다. 혼자서 너무 많은 것을 했고, 너무 많은 것들을 죽였다. 위지호연이 철인이 아님을 안다.

위지호연이 가지고 있는 당당함은, 그녀가 처음부터 가지고 있던 것이 아니다. 에리아에 오기 전, 마교의 소교주여서. 그러한 배경과 위치를 가지고 있었기에, 어린 시절부터 몸에 습득된 것뿐이다.

지금의 너는 나를 모르겠지만, 나는 지금의 너를 안다. 과거의 너를 안다.

처음 제나비스에서 만났을 때. 네가 13살이고, 내가 14살이었을 때. 너는 갑작스러운 소환에 당황했음에도 이전의 세상으로 돌아가기를 바라지 않았다.

너는 그 어린 나이라 생각할 수 없을 정도로 빠르게 세상에 적응했고 처음 만난, 생면부지의 나를…… 친구로 삼았다.

'알아.'

너는, 이곳에서 자유롭게 사는 것이 좋았어. 자신의 세계로 돌아가 마교의 소교주로 사는 것보다, 누구도 너를 알지 못하는 이 세계에서, 마교의 소교주가 아닌, '그냥' 위지호연으로 사는 것을 더 바라였다.

그러한 배경으로 살아온 너는 친구가 없었다고. 나에게 아무렇지 않게 말했었다. 내가 너의 첫 번째 친구라고. 너는 부끄럼 없이 웃으며 말해주었다.

너는 너무 어린 나이부터 고독했다. 내가…… 의도적으로 너에게 접근했음을 알았을 때도, 너는 배신감 따위는 느끼지 않았다. 여전히 너는 나를 첫 번째 친구로 여겼다.

'너는 항상 그랬어. 당당하고, 강해 보이지만…… 사실은 여려. 그러니까, 이해할 수 있어.'

네가 고독에 짓눌려 버린 것을. 이 공간에서 끝내 미쳐 버린 것을. 하지만.

'네가 절망해도 괜찮아.'

"망가져도 괜찮아."

중얼거리며 나아갔다.

"나는 절망하지 않으니까."

절망하지 마라. 부서지지도 말고. 죽지도 마라.

허주가 했던 말이 이성민의 정신을 지탱했다. 절망감에 미쳐 버릴 이 상황에서도 이성민은 절대로 절망할 수가 없었다.

그렇게 하기로 약속했다. 백소고에게…… 돌아가겠다고 약속했다. 네가 하지 못하면, 내가 하면 된다고. 위지호연에게도 그렇게 약속했다.

"넌……."

억지로 짓는 웃음을 보며 위지호연이 중얼거렸다. 꽃들이 파도쳤고 나비가 날았다.

무형창들이 모조리 사라졌다. 이성민은 한 자루의 창을 쥐고서 앞으로 걸었다. 한 걸음 걸을 때마다 위지호연의 살의를 느낄 수 있었다.

위지호연의 힘은 이 공간을 완전히 장악했고 그 속에서 이성민의 존재는 너무 작았다.

"······뭐지?"

위지호연이 물었다.

꽈아아앙!

이성민이 휘두른 창이 폭발을 일으켰다. 번쩍 터진 빛이 번개가 되어 나비를 일소했다. 꽃들이 터졌다. 꽃잎이 휘몰아쳤다.

"넌······ 누구야?"

멍한 질문에 이성민은 뺨 근육을 크게 움직이며 웃었다. 이성민의 발이 공중을 찍었다.

위지호연이 재빠르게 쌍장을 떨쳤다. 이성민은 피하지 않았다. 이성민은 양손으로 잡은 창을 허리 뒤까지 밀었다.

기억, 경험. 그 모든 것을 통해 판단을 내렸다.

죽이고자 싸우는 위지호연과 죽일 수 없는 나. 그 차이는 명확하다. 소모전으로 가는 것은 안 된다. 그 순간에도 위지호연은 성장한다. 그리고, 어느 순간이 되면 위지호연의 힘은 이성민을 능가할 것이다. 그렇게 된다면 싸움이 성립하지 않는다. 그렇다면.

'확실하게.'

가진 모든 것을. 너에게 배운 것. 내가 익힌 것. 내가 받은 것.

"나는."

이성민의 입이 열렸다.

"이성민이야."

발을 크게 앞으로 뻗었다.

"네 첫 친구고."

이어 걸음을 뻗었다. 창을 쏘아 위지호연의 장력을 상쇄했다. 그 너머에 있는 위지호연을 향해, 숨을 한번 삼키고서 말해주었다.

"네…… 첫 남자야."

조금 민망한 기분이 들기도 했다. 웃었다.

위지호연은 이해할 수 없다는 표정이었다. 그녀는 두 눈을 깜박거리며 이성민을 보다, 눈썹을 찡그리며 중얼거렸다.

"제정신이야?"

그 표정과 경멸 어린 말이 참 아팠다. 만지고 끌어안고 싶다며 키득거리던 위지호연의 모습이 떠올라서 더더욱 그랬다. 그래도, 괜찮다.

이성민은 절망하지 않았다. 인제 와서 절망하기에는 늦었다. 절망이 그 무엇도 바꾸지 못한다는 것도 안다.

위지호연이 많은 것을 짊어졌듯, 지금의 이성민도 많은 것을 짊어지고 있었다. 그는 자신이 이곳에 도달하기 위해 어떠한 과정을 거쳐왔는지 기억한다. 위지호연을 위한 안배로 시작된 전생이었다. 이성민의 모든 성장은 신령의 눈을 속이기 위한 것이었다.

'알아.'

모든 것이 예정대로였더라면, 이성민은 위지호연에게 죽을 운명이었다. 마령이 직접 말을 해주지 않았다고 해도, 이성민은 그것을 눈치채고 이해하고 있었다.

신령은 열쇠의 존재를 알지 못한다. 이성민의 의식 속에 잠들어 있던 학살포식도 마찬가지다. 전생의 돌은 열쇠가 되었고, 이성민에게 귀속되었다. 그리고 언젠가 이성민은 학살포식으로 각성할 수밖에 없었고, 위지호연은……. 종언의 대적자다.

이성민이 완전히 학살포식으로 각성했다면, 위지호연은 결국에 학살포식이 되어버린 이성민을 죽일 수밖에 없다.

그렇게 되면 열쇠는 위지호연에게 주어진다. 위험 부담이 크긴 했지만, 위지호연을 최대한 감춰두고 싶던 마령으로서는 열쇠를 이성민에게 귀속시킬 수밖에 없었다. 혼에 귀속된 이상, 전생자가 학살포식으로 각성한다고 해도 그것을 빼앗을 방법은 없으니까.

그런 번거로운 방법을 쓴다는 것 자체가, 신령과 마령이 관리자 이상의 권한이 없다는 증거기도 했다.

'나는 너에게 죽을 운명이었어.'

운명은 바뀌었다.

그 역시 위지호연 때문이었다. 위지호연은 이성민이 학살포식이 된다는 것을 받아들이지 못하고, 마령을 통해 이성민이 미스틸테인을 쥐게 하였다. 그로 인해 이성민은 학살포식을 소멸시키고 역으로 운명에서 탈출할 수 있게 되었다.

'네 덕분에.'

그래서, 더욱 절망할 수 없는 것이다.

나를 구해준 위지호연이. 나를 이곳까지 오게 해준 위지호연이. 나를 위했던 위지호연이. 저렇게 있으니까.

아벨과의 대화가 떠올랐다.

'이 세상을 구하고 싶다는 것이 네 진심이라는 말이냐?'

'사마련주가 그것을 위해 죽어서, 그 책임을 지기 위해서가 아니라?'

'아니면 너라는 존재가 관측자가 되어, 이 세상에 종언을 불러온 것에 대한 책임인가?'

추궁하듯 묻는 질문에.

'그것이 이유인 것이 잘못되었습니까?'

이성민은 그렇게 반문했다. 그 질문에 아벨은 마른 웃음을 흘리며 대답했다.

'그 이유가 너를 간절하게 만든다면 큰 상관은 없지. 결국에 자기 목숨까지 포기하게 할 정도로 간절한 이유라면 상관없어.'

'나는 간절해.'

아벨은 그리에스를 남용하여 목숨을 잃었다. 결국……. 그리에스는 신령의 안배였고, 그리에스의 마법을 사용하는 아벨이 종언을 막는 것은 절대로 불가능한 일이었다.

아벨이 하고자 했던, 이 세상과 다른 세상을 연결하여 운명을 바꾸는 것은 엔비루스 때문이 아니더라도 성공하지 못하는 일이었다.

하지만 이성민은 아벨의 죽음이 무의미하다고 생각하지 않는다. 결국 그는 종언의 재앙 중 하나였던, 마왕 김종현을 타차원으로 추방시키는 것에 성공했으니까.

너 역시 간절할까. 아벨이 마지막에 품은 질문은 이성민에게 닿지 않았다. 하지만 이성민은, 그것을 알지 못해도 이곳에 없는 아벨에게 말할 수 있었다.

나는 간절하다. 책임을 지기 위해서라는 것을 부정하지 않는다. 많은 책임이 어깨에 있다.

이성민은 여러 죽음을 뒤로하고 이곳에 있다. 광천마, 사마련주, 아벨, 검선, 창왕 등. 죽지 않았어도 종언을 막고자 했던 모든 이들의 간절함을 어깨에 올리고 있었다. 그것이 등을 떠민다. 떠밀기 전에 앞으로 나아간다.

너 역시 간절했겠지. 위지호연을 보며 생각했다. 내가 간절했듯, 너 또한 누구보다 간절했다. 나는 너를 안다. 너를 너무 잘 알아. 간절하기에 절망할 수 없다.

많은 절망을 겪었다. 타인의 절망을 보았다. 종언을 알게 된 백소고가 절망했을 때, 이성민은 백소고를 끌어안으며 말했었다.

'사저가 구한 내가, 종언을 막을 겁니다.'
'사저의 삶을 의미 없게 하지 않을 겁니다.'
'사저가 말한 선하고 평화로운 세상을 만들 겁니다.'
'절망하지 마십시오. 내가 절망하지 않은 것처럼.'

보름달의 아래에서 큰 소리로 웃던 제니엘라를 떠올렸다. 절망하냐고 묻는 질문에, 이성민은 끝까지 대답하지 않았다.

'매일을 충실히 살도록 해…… 나중에…… 후회하지 않도록.'

오슬라도 그런 말을 했었고.

'돌아왔다면, 준비해야 할 것이다. 돌아온 이유에 걸맞는 존재가 되기 위해.'

므쉬도 그런 말을 했었다.

'절망하지 마라. 망가지지 마라. 죽지 마라.'

허주의 말이 이성민의 마음을 지탱했다.

'네가 하고 싶은 대로 해라. 하고 싶은 대로 하고, 후회하지 않으면 된다.'

사마련주가 했던 말이 등을 떠민다.

그래. 그 모든 것들이 지금의 '나'를 만들었고, 지금의 나를 앞으로 나아가게 하고 있다.

나는 쥐뿔도 없었다. 재능도, 배경도, 아무것도 가지고 있지 않았다. 본래 '나'의 인격은 궁상맞고 의욕없는 C급 용병이었다. 학원에 가기 싫어하고 공부하고 숙제하는 것보다 PC방을 다니며 게임 하는 것을 좋아하는, 그런 녀석이었다.

그런 내가 지금 이곳에 있다. 세상을 멸망시키는 종언에 맞서고 있는 것은 C급 용병인 과거의 내가 아닌 지금의 나다. 이곳까지 오기 위한 모든 것들이 나를 만들었다.

쥐뿔도 없는 내가 회귀하여, 지금의 내가 되었다.

"그리고 네가 있어."

나는 너를 안다. 다른 이들이 모르는 너를 안다. 내 품에 안겨 뺨을 살짝 붉히던 너를 안다. 짓궂은 농담을 하면서도 사실은 부끄러워 시선을 피하던 너를 안다. 꽃을 좋아하고 나비를 좋아하던 너를 안다. 당당한 척하여도 외로웠던 너를 안다. 무인으로 사는 것보다 평범하고 평화로운 삶으로 돌아가고 싶어하던 너를 안다.

나는 언제나 너의 등 뒤를 쫓았다.

그러고 싶었다. 네가 언제나 나보다 강하기를. 내가 언제나 뒤에 서서 너의 뒤를 쫓아가기를. 나 주제에 너와 같은 위치에 서거나, 너보다 먼 곳에 간다는 것은 과한 욕심이라고 생각했다. 그래. 나는 14살에 제나비스에서 너랑 헤어질 때부터, 그런 마음을 품고 있었다.

사실은 두려웠을 뿐이다. 내가 너보다 강해졌을 때. 너는 예전처럼 나를 대해줄까 하는 걱정이 들었다. 그것이 우스운 생각이었다는 것은 안다. 너는 그런 사람이 아니었으니까. 편협한 것은 나였다.

'그래도 싫었어.'

안다고는 해도 단순히 싫었다. 나는 나보다 강한 네가 좋았다. 그냥, 내가 너의 뒤를 쫓는 것이 좋았다. 하지만 지금은 그래서는 안 된다.

이성민은 담담한 마음으로 창을 들었다. 마음은 고요했다. 쥐뿔도 없던 나는 많은 이들을 만나고 많은 것을 받아 지금의 내가 되었다. 그런 나는, 절망하지 않는다. 절망해서는 안 된다.

위지호연이 양팔을 들었다. 만개한 꽃이 공간을 가득 채우고 나비가 그 사이를 날았다.

위지호연은 이성민을 노려보면서 기묘한 감정을 느끼고 있었다. 무너진 정신 속에서 기억의 파편이 떠돈다. 먼 기억들이다. 너무, 먼 기억들. 그 기억을 하나로 맞추기 위해서는 이곳에서 벌인 억겁의 살인을 거슬러 올라야 했고, 그것이 위지호연을 역겹게 만들었다.

'떠올리고 싶지 않아.'

그런 생각이 들었다. 몸에서 피 냄새가 진하게 났다.

위지호연은 '지금'의 자신이 싫었다. 그래서, 아무 생각도 하지 않고 모든 감정을 죽였다. 감정적인 혼란을 준 원인은 눈앞의 저 녀석이었다. 이해하지도 못할 말을 하고. 보기 싫었다.

'죽여 버리고 싶⋯⋯.'

정말 그러고 싶어? 머리가 혼란스러웠다. 생각을 무시했다.

기계의 마음을 갖는 것이 여러모로 좋았다. 만약에⋯⋯ 라도. 기계는 후회하지 않을 테니까.

꽃과 나비. 위지호연이 좋아했던 풍경. 그 풍경을 향해 이성민은 다가갔다. 피고, 피고, 피어난 꽃들이 위지호연의 몸을 감추었다.

그것을 향해 이성민은 하나의 창을 들었다. 할 수 있나? 라는 생각. 언제나 이성민은, 결정적인 순간에 그런 생각을 하곤 했다. 대부분의 경우에서 그는 자신감이 없었다. 왜냐하면.

"나는 쥐뿔도 없었거든."

그리고 언제나 대답했지. '해야 한다'라고. 지금도 똑같아.

이성민은 큭 웃었다. 시간이 멈춘 것만 같았다. 모든 것이 정지한 것처럼 보였다. 실상은 너무 빨라서, 시간이 그의 움직임을 쫓지 못한 것이었다.

이성민은 꽃과 나비를 향해 뛰어들었다. 란의 창법이 나비를 휩쓸었고, 나의 창법이 꽃잎을 휩쓸었다. 찰이 앞으로 찔러지며 길을 열었다.

"⋯⋯오지 마."

위지호연은 자신도 모르게 그렇게 중얼거렸다. 그녀는 계속해서 손을 휘둘러 이성민의 앞을 가로막았다.

이성민은 멈추지 않았다. 큼직하게 뻗는 발은 계속해서 거리를 좁혔고 창에는 그가 아는 모든 무리가 담겨 있었다. 나 자신의 것이 아닌, 남에게 받은 것이라고 해도. 그것이 결국에는 '나'였다.

"오지 마……."

위지호연의 두 눈이 파들거리며 떨렸다. 불안한 정신과 감정선이 요동치고 있었다. 그런 정신에 주어진 신령의 주박이 찌직거리며 약해졌다.

"아아아아아!"

위지호연의 무공을 파괴하며 이성민은 고함을 질렀다. 용언과 괴력난신이 위지호연의 정신을 뒤흔들었다.

'피 냄새.'

위지호연은 숨을 삼키며 발을 뒤로 끌었다. 그만큼 이성민은 위지호연에게 더 가까이 다가갔다.

'나는.'

언제나 너의 뒤를 쫓고, 너와 함께 서는 것이 두려웠다.

'지금의 나는.'

나는 네 목표가 아니게 되었다.

목표만으로 남고 싶지 않아. 친구? 목표? 이상? 동경? 그게…… 전부야? 아니, 아니야. 그때 대답했던 말을, 다시 고함을 질렀다.

'지금의 나는, 너보다 강해.'

가로막는 힘이 사라지고 이성민은 계속해서 발을 뻗었다.

그는 어느새 위지호연의 앞에 있었다.

위지호연은 입술을 잘근잘근 씹었다. 그녀가 가슴 앞으로 손을 모았다. 그것보다 이성민이 창을 찌르는 것이 더 빨랐다. 어마어마한 힘의 파도에 위지호연의 몸이 크게 뒤로 밀려났다. 그녀는 흡 하고 숨을 삼키며 호신강기를 일으켰다.

피하기는 늦었고 버텨야만 했다. 공격을 쏟아냈다. 이성민의 창끝에서 빛이 부풀었다. 위지호연은 빠득 이를 갈았다.

"안 돼……."

그녀는 작은 목소리로 중얼거렸다.

"난, 난, 실패해서는 안 돼. 내가 실패하면…… 내가……."

"괜찮아."

위지호연의 말을 끊어냈다.

"실패해도…… 괜찮아."

지금의 그녀는 이미 실패했음을 자각하고 있지 않다. 위지호연의 얼굴이 멍해졌다.

"……아."

위지호연의 두 눈이 파르르 떨렸다. 그녀가 만든 세상이 사라져 갔다. 꽃도, 나비도. 위지호연의 모든 힘이 무극을 담은 개벽의 빛에 흩어졌다.

그 순간에, 위지호연은 희뿌옇던 머릿속 한가운데에서 누군가의 모습을 떠올렸다. 언제나 자신의 뒤를 쫓던, 언제나……

계속 그러기를 내심 바랐던.

"……그렇구나……."

위지호연은 작은 목소리로 중얼거리며 두 눈을 감았다.

스스로 만든 시체의 풍경은 이미 사라졌다. 마음속에 깊게 새겨진 그 끔찍한 지옥을 지나, 위지호연은 자신이 정말로 좋아하고, 돌아가고 싶었던 풍경을 떠올렸다. 노을 진 하늘과 꽃과 나비와. 그곳에 앉아 '그가 돌아오는 것을 기다리던 시간을.

"어느새…… 넌 저만치 앞에 있었어."

위지호연은 희미한 미소를 지었다. 위지호연의 손이 힘없이 아래로 떨어졌다.

이성민의 창은 위지호연의 가슴 앞에 멈춰 있었다. 이성민은 숨을 몰아쉬며 창을 아래로 내렸다. 아니, 손에서 창을 지워냈다.

그는 양손을 뻗어 위지호연의 뺨을 어루만졌다. 피로 얼룩진 그녀의 뺨을 씻어내면서.

"고마워."

이성민은 그렇게 말했다.

"나를 위해서, 이렇게…… 해줘서."

위지호연의 눈동자가 파르르 떨렸다.

"네가 망가질 정도로, 나를 위해줘서."

"……난…… 실패했어."

"실패해도 괜찮아. 내가 약속했잖아. 네가 실패해도, 내가 있다고. 아무것도 잘못되지 않았어."

그 말에 위지호연은 어깨를 움찔 떨었다. 그녀는 결국 두 눈을 감았다. 눈꼬리에 맺힌 눈물이 뺨을 타고 흘렀다.

"……응."

위지호연은 실패를 받아들였다. 이런 운명을 갖게 되어, 이렇게 되어버린 자신을. 바라지도 않던 사명을 띠고 책임감에 짓눌려, 거듭된 행위에 박살 나 실패해 버린 것을 받아들였다.

"……고마워……."

작은 목소리로 중얼거리는 말을 들으며, 이성민은 위지호연을 끌어안았다.

품에 안은 그녀는, 철인이 아니었다. 특별할 것 없는 그냥 인간이었다.

5장
도서관(1)

텅 빈 세상 한가운데에 이성민과 위지호연 단둘만이 존재했다. 품에 안긴 위지호연은 더 이상 아무런 말도 하지 않았다.

이성민은 위지호연의 어깨를 어루만졌다. 그저 인간일 뿐인 그녀는 품 안에 들어올 정도로 작았다.

모순적인 감상이었다. 인간이라고 해도, 위지호연이 가진 힘은 그 존재의 격을 아득하게 뛰어넘었다. 이 아무것도 없는 공간에서 벌어진 싸움은, 인간과 인간의 싸움이라 말할 영역을 아득하게 초월해 있었다.

"나는……."

위지호연이 침묵 끝에 입을 열었다. 그녀는 더 이상 망가져 있지 않았다. 그녀는 이성민을 기억했고, 자신이 벌인 모든 일을 기억했다. 신령의 주박도 더 이상 존재하지 않았다.

입을 열어 말을 토했지만, 위지호연은 더 이상 말하지 않았다. 그녀는 자신이 해야 할 말을 가다듬고 있었다. 마음과 감정을 정리하면서, 할 말을 머뭇거렸다. 이성민은 재촉하지 않고 위지호연을 기다려 주었다.

"……망가지고 싶었어."

위지호연이 작은 목소리로 말했다. 위지호연은 푹 숙인 고개를 들지 않았다. 그 말은 많은 것을 의미하고 있었다.

이성민은 당황하지 않았다. 그럴 것이라고 생각했다. 굳이, 하나하나 죽여준 시체들. 따져 생각해 보면, 위지호연이 벌인 것들은 너무나도 비효율적인 살상이었다.

굳이 그렇게 시체를 남길 필요가 없었다. 하나하나 친절히 죽여줄 필요도 없었다. 전투 도중 위지호연이 벌인 폭발이나 그녀의 힘을 생각한다면, 하고자 했다면 시체 하나 남기지 않고 빠르게 죽일 수 있었을 것이다. 하지만 위지호연은 그런 식의 학살을 벌이지 않았다.

"내 손짓 하나, 내가 하고자 마음먹으면 너무 많은 것들이 죽어 사라져 버려. 감각이 어긋나고, 내가…… 인간이 아니게 되는 것만 같았어."

품에 안긴 위지호연이 중얼거렸다.

"하나하나 죽이는 것은 귀찮지만 힘든 일은 아니었어. 숫자도…… 많았지. 나는 사실, 그게 두려웠어. 내가 이곳에서 할 수 있는 모든 것을 하고, 할 일이 아무것도 남지 않게 되는 것. 이곳에…… 나 혼자만 남게 되는 것."

"……응."

"그래서 하나씩 죽였어. 최대한 시간을 끌면서."

모순이었다.

손짓 한 번에 무수히 많은 목숨이 사라진다는 것을 의식하고, 위지호연은 자신의 힘을 두렵다고 생각했다. 목숨에 대한 감각이 어긋나, 자신이 인간이 아니게 되는 것 같은 기분이 싫었다. 그래서 '인간'답게 적들을 하나씩 죽여 나갔다.

"바보 같지."

위지호연이 쿡쿡 웃었다.

"나에게 정답은 없었다. 아무것도 하지 않고, 싸움을 피해 도망치는 것은 처음부터 재고할 가치가 없는 오답이었지. 나는 실패해서는 안 되었고, 그래서 죽여야만 했다. 어느 순간부터 탐의 존재가 느껴지지 않았지만…… 나는 혼란보다는 계속 죽이는 것을 선택했다."

그렇게 위지호연은 망가져 갔다.

"차라리 망가져 버리는 것이 낫다고 생각했다. 그러면, 아무 고민이나…… 갈등. 후회. 그런 것들을 하지 않아도 된다고 생각했어."

신령은 그런 틈을 파고들었다. 주박은 성공했고, 위지호연의 이성은 사라졌다.

위지호연이 고개를 들었다. 그녀는 울 것 같은 얼굴을 하고서 억지로 미소를 짓고 있었다. 이성민은 위지호연의 어깨를 강하게 안았다.

"괜찮아."

몇 번이고 했던 말을, 다시 말해주었다.

"네가 인간이기 때문이야."

이성민은 그것을 잘 이해하고 있었다. 인간인 것과 인간이 아니게 된 것의 차이. 그것이 어떤 차이를 갖는가는, 여태까지 몇 번이고 봐왔었다.

인간에서 인간이 아니게 된다면, 생각하는 방식이 달라진다. 인간으로서의 상식이 완전히 사라진다. 보통의 인간은 사람을 죽이고, 먹는 것을 받아들이지 않는다. 그것을 완전히 받아들이게 되는 순간 인간은 인간이 아니게 된다. 인간에서 요괴가 되는 것이 그런 대표적인 경우다.

위지호연이 망가진 이유는 마령이 그녀의 존재를 인간으로 고정했기 때문이다. 이성민은 오히려 그것이 다행이라고 보았다. 만약 위지호연의 존재가 인간으로 고정되지 않았다면. 위지호연은 이곳에서 끔찍한 괴물이 되었을지도 모르는 일이다.

"……네가…… 인간으로 남아줘서 고맙다."

이성민은 위지호연의 귓가에 작은 목소리로 속삭였다.

엄밀히 말해서, 이성민은 인간이 아니었다. 그는 이 세상을 관장하는 법칙에서 유일한 예외에 해당하는 존재였다. 기연, 우연, 운명. 이성민이 겪어온 모든 것들이 그를 그런 존재로 만들었다.

"아직 끝나지 않았어."

이성민은 그렇게 말하며 위지호연을 품에서 놓아주었다.

위지호연은 씁쓸한 눈으로 이성민을 보았다.

이곳에서 위지호연은 이성민을 가로막는 종언의 재앙이었다. 그녀가 그것을 바라지 않았다고 해도, 어쩔 수 없이 그렇게 되었다.

그런 위지호연을 쓰러뜨렸다. 하지만 아직 끝나지 않았다. 운명은 조금도 바뀌지 않았다.

이성민은 아무것도 없는 붉은 하늘을 노려보았다. 그는 천천히 입을 열었다.

"뭐."

목소리에 짜증이 실렸다.

"더 하고 싶은 것이 있나?"

"하하하하!"

웃음소리가 하늘을 흔들었다. 그리고 자그마한 빛의 구체가 생겨났다.

이성민은 모습을 드러낸 신령을 노려보았다. 이번에 모습을 보인 것도 신령의 단말일 뿐이었다.

"두렵나?"

"두렵지."

신령은 부정하지 않았다.

그는 이성민이 이룩한 힘을 잘 알고 있었다. 신령과 마령은 이 세상의 관리자일 뿐이다. 그에 준하는 여러 권능을 가지고 있지만, 그들이 다루는 권능은 운명에 속해 있지 않은 이성민에게는 거의 아무런 영향을 끼칠 수가 없다. 반면에 이성민은 신령의 존재를 관통할 정도의 힘을 가지고 있다.

"생각보다 실망스럽군."

신령이 차분한 목소리로 말했다.

"이곳에서는 아무런 성과도 거두지 못했어. 위지호연의 성장은 관찰의 여지가 더 있었지만, 상대가 좋지 않았구나. 조금 더 진흙탕이었다면 지켜볼 여지가 있었을 텐데……."

신령의 말에서 적잖은 아쉬움이 느껴졌다.

그럴 만도 했다. 신령은 상당히 공을 들여 위지호연을 망가뜨렸고, 이런 무대를 준비했다. 그가 기대한 것은 이 싸움을 통해, 이성민이나 위지호연이 여태까지와는 다른 '성과'를 내는 것이었다.

결론적으로 실패했다. 위지호연에게는 충분한 성장의 여지가 있었지만, 이성민의 힘은 위지호연에게 성장할 여지를 주지 않았다.

위지호연은 증오스러운 눈으로 신령의 단말을 노려보았다. 그 시선을 받으며 신령은 껄껄 웃었다.

"그래도. 이만하면 충분한 성과가 되었다. 다음이 기다려지는군."

신령의 빛이 부풀었다. 그것을 보며 위지호연의 표정은 딱딱하게 굳었다. 공간에 자그마한 구멍이 났고, 새카만 빛이 흘러나왔다.

그 빛을 보며 이성민은 크게 숨을 삼켰다. 직접 대면하는 것은 처음이었지만, 이성민은 그것이 무엇인지 직감적으로 알았다.

대면한 그것은 생각했던 것처럼 끔찍하게 느껴지지 않았다. 위압감도 없었고, 위험하다는 느낌도 없었다. 아무것도 느껴지지 않았다.

그것은 본래 그런 존재였다. 저것은 맞서 싸울 수 있는 적이 아니다. 힘으로 찍어 누르는 것도, 파괴하는 것도 불가능하다.

탐(貪)은 그저, 모든 것을 집어삼킨다. 아무리 강한 힘을 가지고 있다고 해도 저것 앞에서는 무의미하다. '이 세상'에서 탐은 그런 절대적인 법칙을 가진 존재였다.

위지호연의 몸이 긴장으로 굳는 것을 느낀다.

"하하하."

신령은 웃음소리를 남기고서 사라졌다. 더 이상 두고 볼 것도 없다고 여긴 것이다.

어둠이 증식하기 시작했다. 서로 뭉쳐 다시 흘러넘치고, 그 안에서는 가늠할 수 없는 혼돈이 회오리쳤다. 아니, 애초에 혼돈이라는 것을 가늠할 수가 있는가?

탐이 모습을 드러냄과 동시에 이 공간은 더 이상 유지되지 않았다. 어느새 이성민과 위지호연은 잠자는 숲의 한복판에 있었다.

탐 역시 마찬가지였다. 이성민은 주변을 빠르게 둘러보았다.

[성공했군.]

마령의 단말이 달라붙었다. 이성민은 그 말을 무시하면서 주변을 마저 살폈다.

숲을 지키던 일족의 마지막이었던 카즈야는 이미 죽었다. 숲에는 그 어떠한 결계도 없었다. 그 와중에도 탐은 계속해서 크기를 부풀리고 있었다.

"호연아."

이성민은 작은 소리로 그녀의 이름을 불렀다.

위지호연이 뻣뻣한 고개를 돌려 이성민을 보았다. 이성민은 그런 위지호연을 보며 빙그레 웃었다.

"괜찮아."

"뭐가 괜찮다는……."

대뜸 한 말에 위지호연이 되물었다. 그 순간에 이성민은 위지호연의 어깨를 손으로 잡았다.

위지호연의 표정이 바뀌었다. 그녀가 뭐라고 외치기도 전에, 이성민은 용언 마법으로 위지호연을 포착했다.

"잠깐……!"

"괜찮아."

위지호연의 외침이 끝나기도 전이었다. 공간 이동으로 위지호연을 보내 버리고서, 이성민은 크게 숨을 삼켰다. 마지막에 한, 괜찮다는 말은 그녀에게 전해졌을까.

이성민은 고개를 돌려 탑을 보았다. 탑의 어둠이 숲을 먹어 치우고 있었다.

세상을 먹어 치우는 괴물이라는 말을 들었을 때. 이성민은…… 그냥, 어마어마하게 입이 큰 괴물을 상상했었다. 이성민은 자신의 상상력이 빈약했음을 깨닫고 쓰게 웃었다.

[두렵지 않나?]

마령이 물었다. 두렵지 않다고 대답한다면 거짓일 것이다.

이성민은 천천히 탑을 향해 다가갔다. 그러는 중에, 문득 의문이 들었다. 만약 열쇠를 얻은 직후 카즈야를 죽이고 강제로 탑을 해방시켰다면?

[그건 불가능하다. 탑은 언제나 종언의 마지막에 등장하니까. 신령이 그것을 두고 볼 정도로 멍청하지도 않고.]

일어날 일은 결국 일어난다. 김종현이나, 정령의 여왕이나, 던전이나, 제니엘라나, 무신이나. 순서의 차이는 있겠지만, 종언의 마지막이 탐이라는 것은 절대로 바뀌지 않는다.

어둠이 혀를 날름거렸다. 공간을 통째로 집어삼키며 증식하는 탐이 이성민의 코앞에 있었다. 시간이 느리게 흐르는 것만 같았다. 그 속에서 이성민의 생각만이 길게 늘어졌다.

두려움을 떠나, 언제나 그렇듯이. 과연 가능할까. 그런 생각이 먼저 들었다. 지금 이성민의 행동은 마령에 대한 무조건적인 신뢰를 깔고 가는 것이다. 사실 마령이 나를 속이는 것이라면?

[인제 와서 무슨……]

마령이 투덜거렸다. 만약 마령마저 적이었다면, 기회는 얼마든지 있었다.

어디까지나 가능성의 하나를 떠올려 봤을 뿐이다. 이성민은 마령의 행동에 거짓이 없다는 것을 잘 알고 있었다. 신뢰…… 라기보다는. 그냥, 그렇게 알 수 있었다.

품 안에서 열쇠가 요동치고 있었다. 여태까지 단 한 번도 반응을 보이지 않았던 열쇠가 존재감을 과시하고 있었다.

이성민은 천천히 품 안에 손을 집어넣어 열쇠를 잡았다.

"잠깐."

먼 곳에서 당황한 목소리가 들렸다. 그것을 들으며 이성민은 피식 웃었다.

"뭐 하려는 거냐?"

신령이 다급한 목소리로 외쳤다. 이성민은 품 안에서 꺼낸 열쇠를 앞으로 내밀었다.

마령이 큰 소리로 웃었고 신령은 비명을 질렀다. 그들의 외침을 들으며 이성민은 계속해서 걸었다. 탑의 어둠이 이성민의 몸을 집어삼켰다.

혼돈의 한가운데에서 열쇠가 밝은 빛을 냈다. 이성민은 열쇠를 천천히 어둠 속으로 밀어 넣었다.

손에 작은 저항감이 느껴졌다. 어디에나 있을, 문의 열쇠고리에 열쇠를 넣는 순간 느끼는 저항감과 비슷했다. 끝까지 밀어 넣은 열쇠를 반바퀴 돌렸다.

딸칵.

기대와는 조금 다른, 아기자기한 소리가 났다.

촤라라라라락!

어둠이 흩어지기 시작했다. 열쇠를 넣고 돌린 곳으로부터 환한 빛이 터져 나왔다.

이성민은 그 너머를 똑바로 보면서 열쇠를 뽑았다. 그 순간에 어둠은 완전히 사라졌다.

공간 이동, 아니, 침식? 드래곤의 지식이 지금 일어난 상황을 마법으로서 파악하려 했고, 곧 무의미한 일이라는 것을 알아 그만두었다.

이성민은 새하얀 공간 한복판에 있었다.

"도서관이라더니."

이성민은 작은 목소리로 중얼거렸다.

지금 이성민이 서 있는 곳은, 어떤 식으로 생각하든 간에 도서관이라고 할 만한 곳은 아니었다.

'하긴. 진짜로 책장이 가득한 도서관이라는 것도 우습지.'

평범한 도서관일 리는 없으니. 이번에도 이성민은 자신의 빈약한 상상력에 비웃음을 흘렸다. 더 이상 그의 손에 열쇠는 없었다.

"이, 이, 이 미친……!"

신령의 목소리가 공간을 쩌렁쩌렁 울렸다.

"네가 어떻게 이곳에……! 이곳, 이곳은 살아 있는 존재가 들어와서는 안 되는 곳이다……!"

이성민은 신령의 목소리를 무시했다.

우선, 그는 공간을 마법으로 탐색해 보았다. 하지만 파악하는 것은 불가능했다. 이곳에 얽힌 마법은 이미 마법이라고 할 만한 것들이 아니었고, 고작 드래곤 정도의 마법 지식으로는 엿보는 것조차 불가능했다.

"당연하지. 이곳…… 도서관을 구성하고 있는 것들은 모두가 진리라 할 만한 위대한 마법들이다. 에리아의 '가짜 신격'이 아닌, 진짜 신…… 절대자들의 손길이 닿은 것들이야."

마령이 대답했다. 그러자 신령이 발작하여 외쳤다.

"미쳤구나, 정말, 정말 미쳐 버렸어. 지금 네가 무슨 짓을 하였는지 아느냐……!"

이성민은 손에 들고 있던 열쇠를 내려 보았다. 그것은 여전히 열쇠의 형태를 하고 있었다.

"대체 무슨 생각으로 이런 짓을……! 네가 벌인 일들로 정말 종언이 끝난다 생각하느냐?"

"아니. 그렇게 생각 안 해."

이성민은 작은 목소리로 대답했다.

"하지만 멈출 수는 있지."

탐은 종언의 마지막에 나타나고, 모든 것을 먹어치운다. 탐이 등장한 이상 이 세상에 더 이상 종언의 재앙은 존재하지 않는다. 세상 모든 것을 먹어치우는 탐이야말로, 몇 번이나 반복되어 온 에리아의 모든 역사가 기록되어 있는 도서관 그 자체다.

열쇠는, 탐의 혼돈을 강제로 열어 탐을 도서관으로 기능하게 만든다. 즉. 이성민이 인식하지 못하는 바깥. 에리아에서 탐은 정지되었다. 이성민이 이곳에 있는 이상 탐은 그 무엇도 먹어치우지 못한다.

"그리고 너도 나가지 못해."

아직까지 모습이 보이지 않는 신령이 빠드득 이를 갈았다.

신령은 줄곧 탐의 배 속, 이곳 도서관 안에 숨어 있었다. 그곳에 이성민이 들어왔다.

"너는 더 이상 이곳의 주인이 아니야."

이성민은 피식 웃으면서 손에 들고 있는 열쇠를 흔들었다.

"열쇠를 가진 놈이 집주인인 법이니까."

"인간 따위가……!"

신령이 고함을 질렀다.

고함과는 별개로 신령은 아직 모습을 보이지 않았다.

그는 자신의 주제를 잘 알고 있었다. 열쇠를 가진 놈이 집주인이라는 말. 신령은 빠득빠득 이를 갈았다.

설마 마령이 이런 안배를 준비했을 줄은 상상하지 못했다. 실책. 그것도 너무 큰 실책이었다.

마령에게 있어서 이성민은 위지호연을 감추기 위한 눈속임이었고, 버리는 패였다. 그런데 설마, 이성민이 도서관의 열쇠를 가지고 있었을 줄이야.

이성민은 신령의 위치를 파악하지 않았다. 굳이 급할 것도 없는 문제였다.

그는 차분한 마음으로 자리에 앉았다. 탑은 움직이지 않고 있고, 종언은 멈추었다. 그뿐이다. 종언은 완전히 끝나지 않았다. 아직 에리아는 종언의 운명하에 있다.

이성민이 원하는 것은 종언이 일시적으로 멈추는 것이 아닌, 종언의 운명 자체를 바꾸는 것이다. 이것은 어디까지나 시간 벌기일 뿐, 근본적인 해결책은 될 수가 없다.

마령의 안배는 여기까지다. 그는 이성민에게 열쇠가 무엇인지, 열쇠를 어떻게 사용하는지 알려주었을 뿐. 이것으로 어떻게 종언의 운명을 바꿀 수 있는지는 알려주지 않았다.

"생각 없는 놈."

"여기까지가 최선이었을 뿐이다."

마령이 억울함이 뚝뚝 묻어나오는 목소리로 항변했다.

그럴 만도 했다. 마령은 정말, 할 수 있는 모든 방법을 써가며 간신히 이런 상황을 만들어냈다. 여기서부터는 열쇠의 소유주가 어떻게 하느냐에 달렸다.

"포기해라."

신령이 말했다.

"너 하나가 발악한다고 해서 이 세상의 운명을 바꾸는 것은 불가능해. 처음부터 이 세상은 그런 의도로 만들어진 것이다."

이성민은 신령의 말을 들으며 열쇠를 만지작거렸다.

"이 세상에 얼마나 대단한 힘들이 개입되어 있는지 아는가? 이 말도 안 되는 세계를 구성하고 유지하는 것에 얼마나 위대한 존재들의 손길이 닿았는지 아느냐 말이다. 탄생, 죽음, 윤회라는 우주의 가장 기본적인 법칙조차 무시하고 있는 것이 이 세상이다."

잘 안다. 태어나고, 죽고, 윤회하는 것. 에리아는 그러한 법칙에서 벗어나 있다.

이곳에서 태어난 존재들은 이곳, 도서관의 기록을 불러오는 것에 지나지 않는다. 죽어 윤회하지도 못한다. 언젠가 종언을 맞아 세상이 멸망하면, 기록에 따라 세상이 다시 반복된다. 이곳은 그런 사육장이다.

"네가 하는 것은 단순한 시간 끌기일 뿐이다. 아니면, 네가 네 모든 것을 희생하여…… 이곳에서 억겁의 시간을 살아갈 테냐?"

"그것도 생각 중이야."

이성민은 고민 없이 대답했다. 그것도 방법 중 하나는 될 것이다.

"미친놈."

신령이 욕설을 내뱉었다.

"근본적인 해결책은 아니지만."

이성민은 고개를 주억거리며 대답했다.

이성민이 이곳에 있는 이상 탐은 세상을 먹어치우지 않는다. 신령도 이곳에 묶여 있으니 바깥에서 수작은 벌일 수 없다. 이곳에 계속 있으면…… 세상은 멸망하지 않는다. 그것뿐이다. 지금의 에리아는 종언이라는 운명 코앞에서 멈춰 있을 뿐이다. 이것은 그가 원하는 해답이 아니었다.

"마령."

"응?"

"만약, 네 예정대로 이 열쇠가 위지호연에게 주어졌다면. 그리고 그녀가 이곳에 들어오는 것에 성공했다면. 그다음은 어쩔 셈이었나?"

마령은 대답하지 않았다. 이성민은 피식 웃었다.

"무턱대고 열쇠를 만들었을 리는 없지. 너는 이 세상이 가진 종언의 운명을 바꾸기 위해 이것을 준비했다. 그리고 어느 정도 네 예정대로 되었지. 이곳에 있는 것이 위지호연이 아닌 나라는 것을 제외하면."

"……말했던 적이 있지. 이 세상은 부조리하면서 편리하다고. 이번 세상에서 위지호연은 부조리한 재능을 손에 넣었다."

마령이 한숨을 쉬며 말했다.

"본래의 예정은, 위지호연을 이곳에 들여…… 도서관의 모든 지식을 습득하게 하는 것이었다."

"미친놈. 그게 가능하다고 생각했나?"

내뱉은 것은 이성민이 아닌 신령이었다. 이성민은 반발하지 않고서 마령의 말을 잠자코 들었다.

"가능의 여부를 떠나서 그것이 내가 그릴 수 있는 유일한 방법이었다. 그것을 위해 위지호연에게 그만한 재능을 부여했고, 그녀의 격을 인간으로 고정했다. 만에 하나라도 투신전으로 향하지 못하도록."

"위지호연이 이곳의 지식을 모두 습득한다면, 그다음은?"

"거기서부터는 위지호연, 그녀의 가능성에 걸어야만 했지. 강제로 고정해 놓은 '인간'이라는 격을…… 스스로 깨부수고, 억지로 초월한다면. 위지호연은 그만한 격을 가진 절대자가 되었을 것이다. 그렇게 되면 무언가 방법이 생길 수도 있다고 여겼지. 확신은 없었다……."

"처음부터 불가능했어."

마령의 이야기를 듣고서, 이성민이 큭큭 웃으며 말했다.

"오히려 이렇게 된 것이 다행이야. 만약 네 계획대로 이곳에 있는 것이 내가 아닌 위지호연이었다면. 그녀는…… 끔찍한 시간을 보냈을 거야. 그리고 인간인 그녀는 절대로 그것을 버티지 못했을 거고."

신령의 세계에서, 위지호연은 세상 모든 존재를 살해하는 것으로 정신이 붕괴되었다. 차라리 그것으로 그친 것이 다행이었다.

"강제로 인간으로 고정해 놓은 것이 문제였어. 인간을 초월하는 힘을 갖게 되면…… 당연히 본질이 바뀌어야만 해."

위지호연의 정신이 붕괴된 이유가 그것이다. 이성민의 질타에 마령이 입을 다물었다.

"어쩔 수 없었다……. 시험해 본 적이 없었으니."

조금의 침묵 끝에 마령이 그렇게 항변했다.

이성민은 코웃음을 치며 열쇠를 바닥에 꽂았다. 신령은 비명을 질렀고 마령은 이성민의 행동을 지켜보았다.

열쇠를 다시 반바퀴 돌리니 백색 공간이 뒤흔들렸다. 이성민은 자리에 앉아 움직이지 않았다.

"그리고. 이 정도로는 절대자가 되지 못해."

몇 번이나 반복해 오면서 덧씌워진 기록들이 이성민의 눈앞에 펼쳐졌다. 이성민은 스쳐 지나가는 기록들을 보았다.

반복해 온 세상이 쌓은 기술의 정수가 펼쳐졌다. 에리아에 존재하는 모든 무공, 모든 마법. 그것부터 하여 온갖 자잘한 것들의 기록이 공간을 가득 채웠다.

"어떻게 이해하고 발전시키느냐에 따라 또 다르겠지만."

이성민은 그렇게 중얼거리며 공간을 가득 채운 기록을 보았다.

에리아는 비효율적이면서도 효율적이다. 모순되는 말이지만 이성민이 여기기에는 그러했다.

최초의 에리아는 온갖 세상에서 이계인을 불러들인다.

"신기한 일이지."

이성민은 기록을 보며 중얼거렸다.

"다양한 차원에 다양한 무공이 있고, 또 다양한 마법이 있다. 어떤 무림에는 구파일방이 있고 어떤 무림에는 구파일방이 없어. 어떤 세상에는 마법이 있고 어떤 세상에는 또 마법이 없지."

기록은 에리아의 근원을 비추고 있었다.

"같은 이름을 가진 검법이라고 해도 자잘한 형태는 달라. 그 세계에서, 그에 맞게 발전해 왔으니까. 마법도 마찬가지지. 기본이라 할 수 있는 '파이어 볼'이라는 마법. 기껏해야 불 구슬을 만드는 것뿐이지만, 방법은 다양해."

"에리아는 그 다양한 것들을 섞어 완전한 것을 손에 넣기 위한 사육장이다."

"세상 하나를 몇 번이고 반복시키면서 말이지. 이건 인정하지그래. 처음 몇 번은 어느 정도 성과를 냈겠지. 하지만 언제부터인가 성과를 내지 못했어."

신령과 마령이 침묵했다.

"새로운 사육장이 열리면서, 몇 번이나 변수로 쓰기 위해 추가적으로 이계인을 소환했겠지. 하지만 큰 성과를 내지는 못했을 거야. 이 세상은…… 이미 존재 의미를 잃었다."

"아니."

신령이 내뱉었다.

"이번 세상은 확실한 성과를 이루었다. 전환점도 알았다. 충분히 제약을 걸었음에도, 인간은 생각보다 많은 가능성을 가지고 있다는 것도 알게 되었어."

"그래서. '다음' 세상에서 지금 세상보다 많은 성과를 거둘 수 있다고 보나?"

"충분히 준비하고 새로 시작한다면, 성과는 얼마든지 거둘 수 있을 것이다."

"아니. 거두지 못해."

이성민은 그렇게 단언했다.

"이번이 처음이고 마지막이다. 앞으로 몇 번이고 세상을 반복한다 한들, 이번 같은 성과를 거둘 수는 없어."

"아니다……!"

"고집 좀 그만 부려. 너도 사실 잘 알잖아."

이성민이 힘을 주어 내뱉었다.

"다음 세상에서 그 어떤 변수를 추가한다고 해도 이번 이상의 성과를 낼 수는 없다. 어쩌면, 지금과 비슷한 흐름을 만들수는 있겠지. 그게 무슨 의미가 있나? 결국 이번 세상의 반복일 뿐인데?"

이성민은 자신의 확신에 조금의 의심도 품지 않았다. 앞으로 세상이 몇 번을 반복해도, 이번 세상과 같은 성과를 거두는 것은 불가능하다.

"네가…… 어떻게 그것을 확신하는 거냐……?"

"나니까."

이성민은 주저 없이 대답했다.

"내 존재야말로 이 세상에서 거둘 수 있는 최고의 성과다."

오만하기 짝이 없는 말이었다. 하지만 이성민은 자신의 발언을 조금도 부끄럽게 여기지 않았다. 오만하단 생각도 하지 않았다. 이것은 틀림없는 사실이었기 때문이다.

"네가 말했지. 나야말로 인간이 가진 가능성의 증명이라고. 그 말대로다. 내 존재는 인간이 가진 가능성의 증명이고, 나 이상의 증명은 앞으로의 세상에서 절대로 탄생하지 않아."

이성민은 다시 눈 앞에 펼쳐진 기록을 보았다.

에리아. 이 사육장이 반복된 것은 이번이 일곱 번째였다.

네 번 반복되었을 때 드래곤은 이 세상에서 탈출했다. 다섯 번, 여섯 번째 세상에서도 드래곤은 없었다. 그때의 세상은 평탄했다. 드래곤이 탈출하는 것이 가장 큰 변수였을 뿐. 그 후, 두 번의 세상은 평탄하게 종언을 맞아 멸망했다.

그 이전의 세상들도 마찬가지였다.

"전환점을 알았다고? 알아서 뭐 어쩔 건데. 당장 다음 세상에 지금과 똑같은 흐름도 만들지 못할 텐데."

"아니다……!"

"못 해. 가장 중요한 인물들이 이미 이 세상을 탈출했으니까."

이성민은 큭큭 웃으며 말했다.

"검은 심장도 중요하기는 하지. 내가 가진 가능성이 증폭되고, 이런 존재가 될 수 있었던 것은 검은 심장 덕분이니까. 하지만 검은 심장이 전부가 아니었어. 내가 이렇게 된 것은, 마황 양일천과 허주가 있었기 때문이다."

그 둘은 다음 세상에 존재하지 않는다.

"다음 세상에서 누가 그들을 대체하지? 그리고 누가 검은 심장을 받을까?"

"위지호연이라는 전례가 있다. 강제적으로 재능을 부여하면 얼마든지……"

"이해를 못 하는군. 과한 재능을 갖고 시작하는 것이 중요한 게 아니야. 만류귀종(萬流歸宗)이라 했다. 부조리한 재능을 갖고 시작해 봤자 지금 이상의 성과를 낼 수 없어. 그리고…… 내가 말했잖아. 나야말로 이 세상에서 거둘 수 있는 최고의 성과라고."

이성민은 그렇게 말하면서 바닥에 꽂힌 열쇠를 뽑았다. 공간을 가득 채우고 있던 기록들이 사라졌다.

"기록을 보고 확신했다. 앞으로의 반복은 무의미해. 이번이 처음이자 마지막이니까."

"아니, 아니다. 앞으로……"

"네 의사는 중요하지 않아."

이성민은 피식 웃으며 말했다.

그 말이 의미하는 바를 깨닫고 신령은 입을 다물었다. 마령도 크게 숨을 삼키며 침묵했다.

도서관에 대해서 물었을 때. 마령은 이렇게 대답했다.

'회차가 거듭될수록 다른 방향으로 나아간 기술들은 도서관에 기록되고, 그것은 이 세상을 존립하게 한 모든 이들에게 공개돼.'

이곳은, 이 세상을 만드는 것에 일조한 모든 이들에게 공개된 곳이다.

이성민은 크게 숨을 삼켰다. 여태까지 그가 떠든 것은 신령을 설득하기 위해 한 말이 아니었다.

만에 하나라도 신령이 설득되었다 한들, 단순한 관리자인 신령은 종언의 운명을 바꿀 권한은 가지고 있지 않다. 그것은 마령도 마찬가지다. 이성민이 설득하고자 한 것은 에리아를 만든 절대자들이었다.

"……가능할 리가 없다……."

신령이 중얼거렸다.

"그들이 설득될 것이라고 보는가? 발상, 발상이 너무 위험해. 그들은 인간의 이해를 벗어난 존재들이다."

마령조차 떠는 목소리로 말했다.

이성민은 침묵했다.

아무리 이성민이 드래곤의 마법을 갖고, 사마련주와 혈마의 무공을 가졌다고 해도. 그는 에리아의 차원 바깥에서 이 세계를 들여 보고 있는 절대자들을 인지할 수가 없었다. 저들에게 있어서 이성민의 힘은 그리 대단하지 않다. 저들은, 이성민의 존재를 '고작해야' 우수한 초월자일 뿐이라고 재단할 수 있는 절대자들이다.

"그리고…… 그들을 설득한다고 한들. 결과적으로는 아무것도 달라지지 않는다……."

공간이 뒤흔들리기 시작했다.

"절대자들에게 네 존재 가치를 인정받고. 이번 세상의 가치를 인정받는다 한들…… 이 세상에 진정한 자유는 주어지지 않는다. 아득한 유예만 얻을 뿐……."

"알아."

이성민은 머리를 끄덕거리며 말했다.

"나는 저들에게 나를 인정하고, 이 세상의 가치를 인정해 유예를 달라 청하는 것이 아니야."

그렇게 되면, 결국 에리아는 사육장의 운명을 벗어나지 못한다.

이성민은 도서관의 열쇠를 내려 보았다. 조건을 갖추어졌다. 중립지라 할 수 있는 도서관은 에리아를 둘러싸고 있는 모든 법칙에서 벗어난 곳이다. 그리고 이곳에 이성민이 있다.

"누가 나와 이 세계를 소유할 것이냐 묻고 있는 거지."

'진짜' 신격들이 강림을 준비하고 있었다.

쿠우우웅!

하늘에서 시커먼 빛이 떨어져 내렸다. 존재의 격이 다르다. 에리아에 존재하는 가짜 신격과 가짜 초월자들과는 다르게, '저것'은 진짜 신격을 가진 존재였다.

이성민은 움찔하고서 앞에 나타난 존재를 바라보았다. 가슴 밑바닥에서 어떤 감정이 기분 나쁘게 스멀거렸다. 아주 오래전에, 이성민은 이런 기분을 느껴본 적이 있었다.

"······공포의 마왕······."

"기억하는군."

일렁거리는 어둠 속에서 음산한 목소리가 새어 나왔다. 어둠 속에서 시뻘건 눈동자가 떠올랐다.

프레스칸이 계약한 공포의 마왕. 이전에 프레스칸의 던전에서, 이성민은 저 존재와 잠깐이나마 마주했던 적이 있었다.

"대마계의 마신이 올 줄 알았는데."

"말을 조심해라."

어둠이 출렁거렸다. 공포 마왕의 악의가 이성민을 노렸다. 이성민은 피부가 저릿거리는 것을 느끼며 눈썹을 찡그렸다.

"너 따위 존재가 감히 입에 담을 분이 아니다. 또한, 이 약해빠진 세상이 그분의 강림을 감히 감당이나 할 것 같은가?"

마령과 신령이 몸을 떠는 것이 느껴졌다.

공포의 마왕은 대마계에서도 인정받고 있는 강력한 힘을 가진 마왕이었다. 본래 모든 마왕은 초월자고, 공포의 마왕은 그

중에서도 상위 격을 가진 초월자다.

'그래도…… 생각보다는…….'

공포의 마왕이 끔찍할 정도의 힘을 가지고 있다는 것은 안다. 하지만, 의외로 할 만하다는 느낌이 들었다. 사실 싸워봐야 아는 것이겠지만.

"그렇게 말하는 것치고는, 마음은 제법 급했나 보군."

쿠우웅!

또다른 존재가 강림했다. 그 느낌은 제법 익숙했다. 눈 부신 빛 속에서 몸을 일으킨 것은 화려한 날개를 가진 요정이었다. 아마 에리아와 연결된 요정계에 살아가는 요정왕 중 하나인 모양이었다.

"가장 먼저 강림한 것을 보니 말이야."

"쓸데없이 크기만 한 그 날개를 뜯어주랴."

요정왕의 비꼬는 말에 공포의 마왕이 쏘아붙였다. 그 말에 요정왕이 코웃음 쳤다.

"행동을 조심하는 것이 어떤가? 그래도 나름 대마계의 대표로 온 것일 텐데. 괜한 시비가 전쟁으로 이어질 수가 있어."

"우리가 그를 두려워할 것 같나?"

"추태를 보이지 말게."

또 다른 목소리가 들렸다. 새로이 강림한 정령왕이 존재감을 과시했다. 그는 강림한 순간 이성민을 힐긋 보았다.

"사라헨느를 소멸시킨 인간이로군."

"말은 똑바로 하시지. 그녀를 소멸시킨 것은 내가 아니야. 신령이었지."

신령은 아무런 말도 하지 못했다.

정령왕은 한동안 이성민을 노려보다 말했다.

"그녀의 소멸을 두고 너를 탓할 생각은 없다. 약속을 깨고 이 세상에 관여하기로 한 순간부터, 그녀는 정령계의 비호를 벗어났으니."

신령이 안도의 한숨을 내쉬었다.

이성민은 강림한 존재들을 바라보았다. 공포의 마왕, 정령왕, 요정왕. '진짜' 초월자들이었다.

모두가 위협적인 존재들이었지만, 그 정도 수준에 그쳤다. 만약 대마계의 마신에 준하는 절대자들이 직접 강림했다면 이성민은 이렇게 똑바로 서 있지도 못할 것이다.

"다들 눈치나 보는군."

공포의 마왕이 이죽거렸다. 아직 모든 존재가 강림하지 않았다.

이성민은 내심 초조함을 느꼈다. 그가 바란 상황은 이런 것이 아니었다.

"염치가 없다는 생각은 안 드나? 이미 한번 실패했던 주제에."

요정왕이 공포의 마왕을 향해 핀잔을 주었다. 실패라는 말에 공포의 마왕에게서 흘러나오는 살의가 부풀었다.

　예전에, 대마계는 김종현과 그리모어를 사용해 에리아를 대마계와 연결하려고 시도를 했었다. 만약 김종현이 성공했다면, 에리아는 대마계의 식민지가 되었을 것이다.

　"자네가 우리와 거래할 수 없는 입장이 아닌 것은 아나?"

　정령왕이 말했다.

　"자네가 한 말은 모두 들었다. 우리 모두 자네의 말을 인정하였기에 이곳에 온 것이고."

　"확실히. 이번이 처음이자 마지막이겠지. 앞으로 이 사육장을 몇 번을 여닫으며 반복해도, 이번과 같은 성과를 얻는 것은 불가능할 것이다."

　"너와 같은 잡종이 또 태어날 리가 없지."

　공포의 마왕이 이죽거렸다.

　"대마계에 복속할 기회를 주마. 잘 생각해라, 잡종아. 기회라 말은 하였지만, 강제로 하고자 한다면 얼마든지 할 수 있다. 네 존재의 가치가 아까워 스스로 선택하라 하는 것뿐이지."

　"복속할 기회?"

　"마왕이 되어라."

　이성민이 되묻자, 공포의 마왕이 곧바로 답해주었다.

　"방법을 고민할 필요는 없다. 네가 혼을 바치고, 그것으로 끝난다. 네가 원하는 것은 이 세상의 운명을 바꾸는 것이겠지.

쉬운 일이다. 김종현, 그놈이 하고자 했던 것처럼 이 세상을 대마계와 연결하면 되는 일이니."

"그렇게 되면 이 세상이 악마들의 놀이터가 되겠지."

요정왕이 끼어들었다.

"인간…… 아니, 너를 인간이라 해야 하나? 그렇다고 잡종이라 하기에는 품위가 너무 떨어지는군."

요정왕이 투덜거렸다. 그 말에 공포의 마왕이 코웃음을 쳤다.

"어찌 되었든, 네가 무슨 생각으로 이러는 것인지는 잘 안다. 확실히, 너는 네가 말한 대로 이 사육장에서 태어날 수 있는 최고의 산물이다."

하지만. 요정왕이 눈을 찡그렸다.

"대마계의 탐욕스러운 마신은 식민지를 늘리는 것에 혈안이 되어 있지. 실제로 이번 회차에서 그리모어를 통해 이 세상을 식민지로 삼으려 했었고."

"말을 조심해라."

공포의 마왕이 부르르 떨며 내뱉었다. 요정왕은 그 말을 무시했다.

"네 바람대로 되지는 않는다."

그 말에 이성민의 뺨이 씰룩거렸다.

"이곳이 중립지라고 해도, 강림할 수 있는 것은 우리 셋뿐이다."

대마계, 요정계, 정령계. 이 셋이 에리아를 구성하는 것에 힘을 보탠 가장 큰 세계들이었다. 저 세 개의 세계만이 에리아와 직접 연결되어 있다. 이 세상에 요정이 존재하고, 정령이 존재하고, 마왕과 계약한 흑마법사들이 존재할 수 있는 것은 그 이유였다. 나머지 세계는 어디까지나 적당히 힘을 주고 있는 것에 지나지 않는다. 성녀인 테레사가 본래 자신이 믿던 신과 연결이 끊어진 것이 그 증거였다. 애초에 연결되어 있지 않으니 신과 소통이 불가능하다.

'그렇군.'

이성민은 왜 기대했던 상황이 일어나지 않은 것인지 깨달았다.

"정령계와는 이미 이야기가 끝났다. 당장은 사육장을 닫지 않는 것으로 말이다. 언제까지라고는 확실히 말할 수 없겠지만, 충분한 시간 동안 이 사육장은 유지될 것이다."

"내가 원하는 것이 그게 아님은 알 텐데."

"너무 많은 욕심을 부리지 말게."

정령왕이 혀를 차며 말했다. 정령왕과 요정왕의 말을 들으며 공포의 마왕의 살의는 점점 커져갔다.

"마신의 뜻에 반하는 것이냐……!"

"적당히 욕심을 부리라 하는 것이지."

요정왕이 날개를 크게 펼치며 말했다.

그들이 한 말을 통해 이성민은 상황을 판단했다. 노골적으로 욕심을 보이는 것은 공포의 마왕과 그가 속한 대마계뿐이다. 요정왕과 정령왕이 직접 강림한 것은, 공포의 마왕이 날뛰는 것을 견제하기 위해서인 듯했다.

'안 돼.'

유예를 얻는 것으로 만족할 수 없다. 당장의 종언이 미루어지는 것뿐. 본질적인 문제는 해결되지 않는다.

공포의 마왕이 움직였다. 그 즉시 정령왕과 요정왕이 그의 앞을 가로막았다. 공포의 마왕은 진심으로 이성민을 죽여, 그의 혼을 가져갈 생각이었다.

'유예를 얻은 것으로 만족해야 하나?'

아니, 안 된다. 이번에야말로 다음은 없을 것이다.

'차라리 다 죽여 버릴까?'

순간 그런 생각을 했다.

해볼 법한 일이지만 그만두었다. 괜히 그런 행동을 했다가는 유예조차 얻을 수 없을 것이다.

"비켜라!"

"진짜 전쟁을 벌이고 싶은가?"

"뭐 하고 있나? 당장 이곳을 나가지 않고!"

정령왕이 고함을 질렀다. 도서관을 나가 에리아로 돌아간다면, 대마계가 직접 간섭하는 것은 불가능해진다.

이성민은 천천히 뒤로 물러섰다. 공포 마왕의 어둠이 크게 부풀었다. 그에 맞서 요정왕이 앞으로 나섰고 정령왕의 힘이

커졌다.

'좋아.'

생각이 끝났다.

이성민은 의식을 집중했다. 공간을 가득 채워 폭발할 듯 커지는 힘의 흐름에서 한 발 물러섰다.

그는 고요한 마음으로 머나먼 곳에 있는 길을 보고자 했다. '그 세계'는 대마계, 정령계, 요정계와는 달리 에리아에 직접 연결되어 있지는 않다. 하지만 그 세계가 이곳에 닿아 있지 않다고 해도. 이성민 쪽에서 그 세계에 간섭하는 것은 가능했다.

"멈춰라!"

공포의 마왕이 가장 먼저 상황을 파악하고 고함을 질렀다. 정령왕과 요정왕도 상황을 깨닫고 홱 하고 몸을 돌렸다. 요정왕의 얼굴이 일그러졌다.

"이 미친놈이……!"

공포의 마왕이 일으킨 어둠이 정령왕과 요정왕을 뛰어넘어 이성민을 덮쳤다. 요정왕도 급히 손을 휘둘러 이성민을 막으려 했다. 정령왕도 마찬가지였다.

그 모든 것이, 이성민에게는 느리게 보였다. 시간이 길게 늘어진다. 이성민의 의식만이 가속되었다. 무신과의 싸움에서 이미 겪어본 적이 있었다.

멀리 보이던 외길이 확 하고 가까워졌다. 이성민을 덮치던 모든 힘이 사라졌다.

"대체 무슨 짓을……!"

정령왕이 경악하여 외쳤다.

"네, 네가 무슨 짓을 벌인 것인지 아느냐!"

"알아."

이성민은 몇 걸음 뒤로 물러섰다.

공간이 뒤흔들리기 시작했다. 공포의 마왕과 정령왕, 요정왕이 강림했을 때와는 비교도 안 되는 힘이 요동쳤다.

이성민은 무슨 일이 일어나려 하는지 알고 있었다. 대상은 다르지만, 이미 겪어본 적도 있었다.

월궁이 있던 유즈키아 산의 정상에서 이것과 같은 일이 있었다. 비록 규모가 어마어마하게 다르기는 하지만, 지금 벌어지는 일은 공간 침식이다.

"온다……."

풍경이 일렁거린다. 공포의 마왕과 정령왕, 요정왕의 존재가 뒤흔들렸다.

요정왕이 날개를 움츠리며 몸을 떨었다.

"하필, 그 미치광이의 세계를……!"

공간이 폭발했다. 빛의 파도가 공간을 뒤덮었다.

신령과 마령이 비명을 질렀다. 공포의 마왕이 악을 쓰며 어둠을 사방으로 내뿜었다. 요정왕도 날개를 퍼덕거리며 빛에 저

항했고 정령왕도 공간을 비틀려 애를 썼다. 하지만 그들의 힘으로 이미 이루어진 공간 침식을 막는 것은 불가능했다.

이성민은 도서관과 외길이 이어지는 것을 지켜보았다.

투신전. 필멸의 굴레를 벗어난 존재들이 모인, 육체에 구애받지 않고 의식으로 연결된 세계. 그런 세계였기에, 대마계와 정령계, 요정계와는 다르게 이 세계와 직접 연결하는 것은 쉬운 일이다. 모든 법칙에서 예외로 존재하는 도서관에서 투신전으로 들어서는 외길을 떠올린다면, 그 순간 공간 침식이 일어난다.

생각해 보면 투신전이야말로 에리아를 점령하는 것에 가장 큰 욕심을 부리고 있어야 했다. 그들의 세계는 존재하되 명확한 실체는 없다. 사마련주와 허주, 창왕은 육체를 이곳에 남기고 영혼만 탈출하여 투신전에 들었다.

"육체가 큰 필요가 없기 때문이지."

알고 있는 목소리였다.

"저승에 가본 적은 없지만, 아마 저승이 존재한다면 그곳과 닮아 있을 것이다. 투신전에서 육체는 필요 없다. 영체만 존재하여, 길고 긴 외길을 걷지. 그것뿐이다."

넓은 등이 보였다. 마구잡이로 길러 흩날리는 머리카락을 보며 이성민은 자신도 모르게 웃어버렸다.

허주가 어깨를 으쓱거렸다.

"멍청한 제자야."

쯧쯧 혀를 차는 소리가 들렸다.

"제법 머리를 굴리기는 했지만 행동하는 것이 너무 늦어."

툭.

누군가가 이성민의 어깨에 손을 올렸다. 눈앞이 흐렸다.

이성민은 눈물을 닦지 않고서 옆을 보았다. 가면을 쓰지 않은 사마련주가 얇은 미소를 지으며 이성민을 보고 있었다.

"우는 얼굴이 참 못났군. 본좌의 유서를 읽을 때도 그런 얼굴로 울었느냐."

"내가 떠날 때도 엄청나게 울어댔지."

허주가 껄껄 웃었다. 공간을 가득 채운 빛이 꺼져갔다.

"제기랄."

가까운 곳에서 투덜거리는 목소리가 들렸다. 그쪽을 보니, 창왕이 짜증스러운 얼굴로 이성민을 노려보고 있었다.

"이딴 일로 시간을 빼앗다니……!"

"오래 걸리지는 않아."

사마련주가 중얼거렸다.

이성민은 하나둘 나타나는 존재감을 느끼며 주먹을 말아 쥐었다. 투신전이 직접 연결되고서 외길을 나아가던 존재들이 이곳에 나타나고 있었다.

"대마계와 정령계, 요정계의 주인이 직접 강림하지 않는 이상 상황을 뒤집을 수 없다."

공포 마왕의 어둠은 더 이상 검지 않았다. 그가 악을 쓰며 내뿜는 어둠은 그 색이 너무 희미했다. 요정왕은 이미 포기하고 날개를 접었다. 정령왕도 몸을 떨며 뒤로 물러섰다.

"아냐."

예고도 없이 일이 벌어졌다.

"걔들이 와도 안 뒤집혀."

퍼엉!

발악하듯 꿈틀거리던 어둠이 소멸했다. 공포의 마왕이 비명을 질렀다. 손짓 한 번으로 공포의 마왕을 나뒹굴게 한 존재가 크게 하품을 했다.

"꼬우면 마신 보고 오라 하던가."

투신전의 주인이 이죽거렸다.

"끄으아아아……."

공포의 마왕이 우는 신음을 냈다. 그의 몸을 구성하고 있던 어둠은 이제는 잔재라 할 정도로 작아져 있었다. 그런 공포의 마왕을 향해 투신전의 주인이 코웃음을 쳤다.

"그러게 왜 까불고 있어?"

이죽거리는 질문을 들으며 공포의 마왕은 신음 외에 다른 말을 하지 못했다. 아까 전까지만 해도 정령왕과 요정왕을 상대로 굽히지 않고 감정을 드러낸 그였지만, 지금 눈앞에 있는 괴물에게는 도저히 그럴 수가 없었다.

그것은 정령왕과 요정왕도 마찬가지였다. 아니, 그들뿐만이 아니다. 바깥에서 도서관을 들여 보며 눈치를 보고 있던 이들이 위축되는 것이 느껴졌다.

이성민은 숨죽이고 투신전의 주인을 바라보았다. 그는 완연한 인간의 모습을 갖추고 있었고, 풀어 헤친 셔츠 차림이었다.

투신전의 주인에 대해서는 마령에게 들었었다.

본래 인간은 필멸의 굴레를 벗을 수가 없었다. 그것에 최초의 예외가 되어, 인간의 몸으로 절대자가 된 것이 투신전의 주인이다. 그라는 전례가 생겼기에 각 차원에서 인간이 필멸의 굴레를 벗는 것이 가능해졌고, 그런 존재들이 육체를 벗어 의식체가 되어 도달하고 만들어진 것이 투신전이다.

"잘 봐둬라."

이성민을 보호하기 위해 앞에 서 있던 허주가 뒤로 물러섰다. 그는 탐탁지 않은 표정을 지으며 투신전의 주인을 노려보았다.

그런 반응을 보이는 것은 허주뿐만이 아니었다. 도서관에 강림한 투신전의 모든 존재가 그 주인의 등을 보며 적의를 보이고 있었다.

"저게 오만하기 짝이 없는 투신전의 주인이다. 외길의 끝에 서서, 길을 걷는 모두에게 이곳까지 와보라 떠드는 놈이지."

"네가 언젠가 투신전에 오고자 한다면, 저 광오한 힘을 기억해 둬야 할 것이다. 그것에 절망하지 않고 앞으로 나아가, 언젠가 그 길의 끝에 서고자 하는 향상심이야말로 투신전의 존재 이유니까."

사마련주가 말을 더했다. 그것으로 이성민은, 투신전의 모든 존재가 투신전의 주인에게 드러내는 적의를 이해할 수가 있었다. 결국 저들의 목표는 외길의 끝에 선 주인에게까지 도달하고, 그를 뛰어넘는 것에 있다.

창왕은 아무것도 없는 손을 쥐었다 펴며 까득까득 이를 갈았다. 살아생전 무공과 싸움에 대해 그 누구보다 진한 집념이 있던 그에게, 투신전은 최고의 지옥이라 할 만했다.

이성민도 마찬가지였다. 그는 투신전의 주인을 보며 많은 생각을 했다. 가진 모든 지식을 떠올리며 저 존재의 힘을 가늠해 보았다. 도저히 가늠할 수 없었다. 저것은 초월자의 격마저 우습게 여기는 진짜 절대자였다.

나약하기 짝이 없는 인간이 절대로 벗을 수 없는 필멸의 굴레를 벗어던진 최초의 전례였고, 투신전의 모든 이들이 목표로 삼은 괴물이었다.

'언젠가…… 나도…….'

이성민 역시 저들과 같은 길을 걷게 될 것이다. 빠르고 늦고의 차이가 있겠지만, 외길을 나아가겠지.

그것을 생각하니 오싹하고 소름이 돋았다. 이성민이 느끼는 것은 두려움이 아니었다. 투신전의 모든 존재가 지금 느끼고 있듯, 적의와 희열이 뒤섞인 감정이었다.

"대, 대체 무슨 생각이십니까……."

덜덜 떨던 요정왕이 입을 열었다. 공포의 마왕에게 이죽거리던 때와는 정반대의 태도였다.

당연했다. 전투광(戰鬪狂)들의 세계인 투신전이 이곳, 중립지인 도서관에 직접 강림했다. 아니, 저것은 더 이상 강림이라고 할 수도 없다. 이곳은 이미 투신전과 연결되었고, 중립지는 투신전의 영지가 되었다. 요정왕이 요정계의 뜻을 전하고자 이곳에 왔다고 해도. 지금 상황에서 요정계는 그의 안위를 돌볼 수가 없다.

아무리 그래도 정령계의 사자인 자신을 소멸시킬까…… 하는 생각이 없잖아 있기는 했지만, 그 생각에조차도 믿음을 가질 수가 없었다. 투신전의 주인이 직접 살고 있는 차원 가이아는 초월자의 무덤으로 유명한 곳이다.

"먹어달라고 해서 먹어주는 것뿐이다."

투신전의 주인이 대답했다.

"대마계도 마찬가지 아니었나?"

"정령계와 요정계의 뜻은 다릅니다……."

"이, 이곳은 모두가 공유하는 사육장입니다. 당분간 유예를 두고서 지켜보기로 이미 이야기를 끝냈……."

"나와는 끝내지 않았지."

투신전의 주인이 웃으며 말했다. 억지스러운 말이었지만 요정왕과 정령왕의 입이 닫혔다.

간신히 존재를 유지하고 있는 공포의 마왕이 꿈틀거렸다.

"아, 아무리 투신전의 주인이라고 해도. 대마계의 뜻을……."

"그러니까 말했잖아."

투신전의 주인이 손끝을 튕겼다.

퍼어엉!

공포의 마왕을 간신히 유지하고 있던 어둠이 소멸했다.

"내가 이러는 것이 꼬우면, 대마계의 마신보고 직접 오라고 해."

요정왕과 정령왕이 기겁하며 뒤로 쭉 물러섰다. 공포의 마왕이 진짜로 소멸해 버렸다.

이성민은 꿀꺽 침을 삼켰다. 영체를 소멸시키는 것은 이성민도 가능했지만, 높은 격을 가진 마왕을 손가락 튕기는 것으로 소멸시키는 것은 불가능했다.

"그리고 양보 좀 해. 투신전이라고 만들기는 했는데, 우리에게 주어진 세상이 하나도 없잖아."

"가, 가이아가 있지 않습니까……."

"그건 내 세상이고. 말귀를 못 알아듣나? 내가 요구하는 것은 투신전에게 그럴듯한 세상 하나를 양보하란 것이다. 아니면, 침략해서 뺏어줄까?"

요정왕과 정령왕은 아무 대답도 하지 않았다. 여기서 말 한마디 잘못하면 전쟁으로 이어질 수 있다는 것을 직감했다.

투신전의 주인이 하는 말에, 이곳에 모인 투신전의 존재들이 기대 어린 눈빛을 보냈다. 전쟁은 그들에게 있어서 피하고 싶은 것이 아니다. 오히려 바라 마다치 않는 것이다.

"……공포의 마왕이 소멸했습니다."

가만히 입을 다물고 있던 이성민이 입을 열었다.

그가 발언하자 투신전의 주인이 머리를 돌려 이성민을 힐긋 보았다. 그 시선에 이성민은 순간 호흡이 멈추는 것만 같았다. 하지만 그렇다고 해서 말을 멈출 수는 없었다.

"……만약 그렇게 되면, 공포의 마왕과 계약한 혼들은 어떻게 되는 겁니까?"

"윤회한다."

투신전의 주인이 대답했다. 그는 이성민이 그것에 대해 묻는 것이 퍽 만족스러운 모양이었다.

히죽 웃는 투신전의 주인을 보며, 이성민은 그가 공포의 마왕을 소멸시킨 것이 철저하게 계산하고 한 행동임을 알았다.

동시에 그것은 이성민을 위한 것이기도 했다. 투신전의 주인이 아니라 이성민이 공포의 마왕을 소멸시켰다면 대마계가 직접 개입하여 이성민을 소멸시켰을 것이다.

"그렇다면 '다음' 세상에는 공포의 마왕과 계약했던 리치가 존재하지 않겠군요."

그 말에 신령은 신음을 흘렸고, 마령은 탄성을 흘렸다.

공포의 마왕이 소멸하면서 프레스칸의 혼은 윤회의 고리로 흘러 들어간다. 그것은 에리아의 기록에서 프레스칸의 존재가 사라진다는 것을 뜻했다.

"검은 심장도 존재하지 않을 것이고."

검은 심장은 프레스칸이 만들어낸 우연의 산물이었다. 프레스칸보다 뛰어난 흑마법사였던 아르베스는 프레스칸에게서 검은 심장의 제조 방법을 들었어도 그것을 똑같이 만들어내지 못했다.

"결국, 내가 마지막이군요."

검은 심장이 존재하지 않게 된 이상, 이다음 세상에 절대로 이성민과 같은 존재는 만들어지지 않는다. 만에 하나라도 있었을 가능성이 완전히 사라져 버린 것이다.

투신전의 주인은 만족스러운 웃음을 지으며 머리를 돌렸다.

"사육장을 유지할 이유가 완전히 사라졌군."

"저, 저희는 아무런 말도 할 수가 없습니다. 어디까지나 저희는……."

"괜찮아, 괜찮아. 너희한테도 나쁜 얘기는 아니거든. 나는 요정과 정령은 꽤 좋아해. 아는 여자 중에 정령사도 있고."

투신전의 주인이 은근한 목소리로 말했다. 공포의 마왕을 대했을 때와는 다르게 굉장히 우호적인 태도였다.

"대마계는 욕심이 너무 많아. 그놈들만큼 타 차원을 침략하고 정복해서 식민지를 늘리는 것에 혈안인 놈들도 없잖아. 안 그래?"

"예······. 그건 그렇지요······."

"놈들은 난폭하고 욕심이 많으니까요······."

요정왕과 정령왕이 주눅 든 태도로 투신전의 주인이 하는 말을 들었다.

"난폭하고 욕심이 많은 것은 저놈도 똑같은데."

허주가 투덜거렸다. 사마련주도 공감한다는 듯이 머리를 끄덕거렸다. 이성민도 내심 그렇다고 생각했다.

"그러니까 말이야. 대마계만 빼자고."

"······예······?"

"그······ 그게 무슨 말씀이십니까······?"

"이곳이 지켜볼 만한 세상이라는 것은 너희도 이해하고 있으니 유예를 두기로 한 것 아니냐? 이곳에 투신전이 강림한 이상, 내가 바라는 대로 되는 수밖에 없어. 이 세상은 이미 투신전의 영지고 나의 성역이다."

투신전의 주인이 이를 드러내며 웃었다.

"그렇다고 너희를 모두 쳐낼 생각은 없다, 이거지. 여태까지

많은 힘을 보태주었는데, 인제 와서 알맹이만 쏙 빼먹겠다고
할 정도로 내가 양심이 없지는 않아. 무슨 말인지 알겠어?"

이성민은 헛웃음을 흘리며 투신전의 주인이 요정왕과 정령
왕을 설득하는 것을 들었다.

투신전의 주인이 하는 말은 간단했다. 너무 간단해서 문제
였다.

"종언은 없어도 돼. 이번 이상의 사육장을 만드는 것도 완전
히 불가능해졌고. 그러니…… 이 세상은 그대로, 쭉 둔다. 오
히려 그편이 세상을 다시 시작하는 것보다 더 나은 성과를 거
둘 수 있을 거다. 마음에 안 드는 대마계도 배제할 수 있으니
모두가 행복한 일이지."

"정령계는 당신의 결정을 지지한다."

"요정계도 당신의 결정을 지지한다."

대답한 것은 요정왕과 정령왕이었지만 그들의 목소리가 아
니었다. 그들을 통해 상황을 지켜 보고 있던 차원의 주인들이
직접 개입해 뜻을 전했다.

그들은 그 대답을 마지막으로 이 공간에서 탈출했다. 이 이
상 더 얽히고 싶지 않다는 태도였다. 그들이 남기고 간 대답에
투신전의 주인이 활짝 웃었다.

"좋군."

에리아를 구성하고 있는 가장 큰 세 개의 힘. 정령계, 요정

계, 대마계. 그중 대마계가 빠진다고 해도 투신전이 직접 이 세상에 강림한 이상 에리아가 붕괴하는 일은 없다.

하지만 이성민은 어떠한 생각이 들어 질문할 수밖에 없었다.

"대마계를 어떻게 배제한다는 겁니까?"

"애초에 만들어진 세계다. 끼워져 있던 것을 빼면 될 뿐이지."

투신전의 주인이 심드렁한 투로 대답했다.

말이 쉽지, 저만한 격을 가진 존재와 다른 세계의 동의가 없다면 시도조차 불가능한 일이었다.

"자, 모두 네가 바라는 대로 되었다."

투신전의 주인이 이성민을 보며 말했다. 이성민은 조금 멍한 기분이 되어 투신전의 주인을 응시했다.

"······너무 우호적인 것 아닙니까?"

"그게 뭐가 이상하냐?"

투신전의 주인이 물었다.

"이 제한된 세계에, 이번 회차에서만 세 명이 투신전에 들었다. 그런 세계라면 내가 관심을 주고 우호적으로 대하기 충분하지. 게다가 당장 세 명이지. 예정되어 있는 것만 해도 네가 있고, 앞으로 몇 명은 더 투신전으로 들 것 같은데."

당연히 좋아할 수밖에. 투신전의 주인이 낄낄 웃었다.

"네가 바랐던 상황 아니냐? 나름대로 잘했어. 너도 꽤 강하기는 하지만, 그 정도 힘만으로 억지로 할 수 있는 것은 한계가 있지. 세상 하나라면 모르겠지만…… 이 세상은 여러 가지가 개입되어 있으니. 너 혼자서 뭔가를 하려 했다면 넌 이곳에서 죽었을 거다."

"……대마계는 어떻게 되는 겁니까?"

"배알이 꼴린 대마계가 침략하려고 해도 마땅한 방법이 없지. 당장 이 세계에 있던 흑마법사들이 사라질 테니 안쪽에서 통로를 여는 것도 불가능할 테고…… 그렇다면 노력해서 바깥에 구멍을 내야 하는데. 그럼 '우리'야 좋지. 재밌게 놀 수 있을 테니까."

투신전의 주인이 하는 말에 투신전의 모두가 기대 어린 웃음을 흘렸다. 전투광의 집단이라는 요정왕의 말대로였다.

"너무 내가 퍼준다고 생각하지 마라. 나도 다 원하는 것이 있으니 이런 일을 벌인 것이니까."

"뭘 원하십니까."

이성민은 투신전의 주인을 똑바로 보며 물었다. 요것 봐라. 투신전의 주인이 입꼬리를 올리며 웃었다.

"넌 내가 안 무섭냐?"

"무섭게 대하면 무서워하겠지요."

"하하하! 괜찮아, 나는 무서운 사람이 아니거든. 내가 너에게 바라는 것……. 그전에, 내가 너에게 해준 것부터 알려주마."

투신전의 주인이 손을 들었다. 공간이 요동쳤다.

이성민의 손에 쥐어져 있던 열쇠가 파르르 떨리더니 빛의 가루가 되어 소멸했다. 그리고, 도서관의 모든 기록이 열려 공간을 가득 채웠다.

"요정계, 정령계와의 이야기는 이미 끝났다. 얼마 지나지 않아 새로운 정령왕이 파견되어 이 세계를 담당한 것이고, 이 세상에 있는 요정의 여왕은 계속해서 존재할 것이다."

기록을 들여 보며 투신전의 주인이 말했다.

"가짜 신격들은 뭐…… 내버려 둬도 되겠군. 나름의 신도도 있고, 신앙심도 가지고 있어. 그래 봤자 만들어진 놈들이라 초월자 정도에 그치겠지만…… 그런 놈들도 있기는 해야 해."

"……이 세상에서 죽었던 사람들은 어떻게 되는 겁니까?"

"되살릴 수는 없다."

투신전의 주인은 먼저 그렇게 말했다.

"만들어져 반복을 거듭해 온 세계라고 해도, 안 되는 것은 안 돼. 이 세상을 살다가 죽은 이들은 이미 이 도서관에 혼으로 기록되어 있다. 이 황량한 곳이 에리아의 명계(冥界)지. 이 세상을 차단하고 있던 법칙들이 사라졌으니, 이곳에 갇혀 있던 혼들은 진짜 명계로 인도되어 윤회할 것이다."

그 대답에 이성민은 안도의 한숨을 내쉬었다. 죽은 이들이 소생하는 것을 바라는 건…… 너무 큰 욕심이다.

윤회는 전 차원에 통용되는 절대적인 법칙이다. 여태까지 에리아는 '진짜' 세상이 아니기에 그것에 예외로 있었지만, 투신전이 이곳을 영지로 삼으며 에리아는 진짜 세상이 되었다. 그렇게 된 이상 윤회의 법칙에서 벗어날 수는 없다.

"진짜 세상이 되었으니 관리자도 필요 없다."

"자, 잠깐……!"

신령이 급히 고함을 질렀다.

마령은 의외로 무덤덤하게 그것을 받아들였다. 그의 목적은 종언의 운명에서 이 세상을 탈출시키는 것이었고, 결국 마령은 원하는 것을 이루었다.

"괜찮아. 죽이는 것은 아니니까."

쾌당탕!

아무것도 없던 허공에서 여자가 떨어졌다. 떨어진 그녀는 신음을 흘리며 몸을 비틀었다.

이성민은 그녀를 물끄러미 내려 보았다.

"영매?"

"으…… 으으으……!"

영매의 몸을 진짜 육체로 갖게 된 신령이 비명을 질렀다.

꼴사나운 태도로 떨어진 영매와는 다르게, 마령은 영매의 곁에 제대로 착지했다. 그는 생각보다 평범한 인상을 가진 청년이었다.

"사육장에서만 허락되던 것들도 사라졌지. 위지호연…… 그래. 이 꼬마에게 주어졌던 부조리한 재능은 사라진다. 모든 존재의 성장에 걸려 있던 제한도 사라졌어. 그냥, 쉽게 생각하면 이 세상이 진짜 세상이 되었다는 것이다."

자아. 투신전의 주인이 이성민을 보았다.

"여기까지가 내가 해준 것들이다. 네가 바라는 모든 것을 해주었지. 그에 비해서, 내가 너에게 요구하는 것은 별것 없어. 사실 요구보다는 대마계와 부딪칠 빌미가 필요한 것이었고."

그렇다고 바라는 것이 아예 없는 것은 아니지. 투신전의 주인이 히죽 웃었다.

이성민은 긴장하여 투신전의 주인을 보았다.

"신앙이 필요해."

"……예?"

"신앙 말이다, 신앙. 투신전을 진짜 신계로 만들고 싶은데, 내가 아무리 잘나고 그래도 신앙이 없으니 뭐가 안 되더라고. 그렇다고 내 세상에서 신앙을 모아보려 해도, 내 세상에는…… 이미 종교가 확실히 굳어져 있어서 말이야. 아, 너도 한국 출신 아니냐. 기독교나, 불교나…… 내가 걔들이랑 경쟁해서 신앙 모으는 것이 될 것 같아?"

안 될 것 같았다.

설마 이런 것을 요구할 줄은 몰랐기에, 이성민은 멍하니 눈을 뜨고 투신전의 주인을 보았다.

투신전의 주인은 근엄한 표정을 지으며 이성민의 어깨를 두드렸다.

"잘해라."

상냥한 목소리였지만, 눈빛이 살벌했다.

"열심히 전도해. 알겠어?"

"예."

이성민은 주저 없이 대답했다.

6장
도서관(2)

　투신전의 주인은 이성민의 어깨를 몇 번 두드린 뒤에 뒤로 물러섰다.

　그는 만족스러운 얼굴이었다. 그럴 수밖에 없었다. 이 일을 통해, 명확한 실체를 가지고 있지 않던 투신전은 첫 번째 영지를 갖게 되었다.

　"앞으로 어떻게 되는 겁니까?"

　"뭐가."

　"당신은…… 아니, 투신전은 에리아를 영지로 삼았습니다. 그렇다면, 이 세계에 당신들이 존재하는 겁니까?"

　"왜. 그게 싫냐?"

　투신전의 주인이 히죽 웃으며 물었다.

　이성민은 당장 대답하지 않았다. 결과적으로 에리아는 종언의 운명에서 탈출했다. 문제는 이다음부터다.

"······잘 모르겠습니다."

"걱정하지 마. 난 내가 살고 있는 세계가 있어. 괜히 이곳에서 살 생각은 없다."

투신전의 주인이 웃는 목소리로 대답했다.

"영지로 삼기는 했지만, 이 세계에 살 생각은 없어. 내 목적은 투신전을 진짜 신계로 만드는 것이고, 이 땅은 투신전의 첫 번째 성역(聖域)이 되었을 뿐이다. 이곳에서 받아먹는 신앙이 얼마나 될지는 아직 모르지만, 뭐, 일종의 투자라고 생각하도록 하지."

"투자······."

"어렵게 생각하지 마. 결국, 네가 바라는 대로 된 거야. 더는 이 세상에 종언이라는 멸망은 없다. 어쩌면······ 먼 미래에, 다른 몇 개의 차원이 그러했듯이 이 세상도 자연스러운 멸망을 맞이할지도 모르지. 그것까지 내가 알 바는 아니고."

투신전의 주인은 그렇게 말하며 도서관을 가득 채운 기록을 응시했다.

"요정계와 정령계도 너무 걱정할 것은 없다. 앞으로 이 세계에서 벌어지는 일들은 이곳 도서관에 기록될 것이고, 여태까지 그랬던 것처럼 이 세계에 간섭하고 있는 이들은 그 기록을 공유할 거야. 그게 불만인가?"

"아닙니다."

"불만을 가질 것도 없지. 그것이 이 세계에 악영향을 주지는 않으니까. 좋게 좋게 생각해라. 이 세계가 투신전의 성역이 된 이상, 너희는 그 어디보다 난폭한 신격들을 뒷배로 둔 것이다."

그리고. 투신전의 주인이 덧붙였다.

"말했던 것처럼 대마계에 직접 시비를 붙이려는 의도도 있었고. 그건 투신전이 앞으로 보낼 영원에 좋은 자극이 될 거다."

공간을 채우고 있던 도서관의 기록이 사라졌다. 투신전의 주인은 쭈욱 기지개를 켰다.

"전도나 열심히 해. 까놓고 말해서, 이곳이 투신전의 첫 번째 성역이라면 너는 나의 첫 번째 사도(使徒)다. 그렇다고 네가 나에게 어떤 힘을 받아먹을 수는 없겠지만."

"당신이 신이 아니기 때문에?"

"그렇지. 모든 절대자가 신인 것은 아니야. 신이 되려면 성역도 있어야 하고, 사도도 있어야 하고, 신앙도 있어야지."

서로의 이해가 일치한 것이다. 이성민은 에리아를 종언의 운명에서 탈출시키고, 이 세상을 사육장이 아닌 진짜 세상으로 만드는 것을 바랐다. 그리고 그 모든 것은 도서관에 투신전을 직접 강림시키는 것으로 해결되었다.

"난 간다."

투신전의 주인이 몸을 돌렸다. 투신전과 함께 강림한 외길을 걷는 존재들이 투신전의 주인을 보았다.

"다음에 본다면 투신전이겠군. 너무 빨리 오지는 마라. 사도로서 최대한 많이 일하고, 신앙도 만들어놓고. 그 뒤에 와. 대충하고 오면 죽는다."

투신전의 주인은 대답을 기다리지 않고 사라졌다. 그것을 시작으로 투신전의 존재들이 하나둘 사라져 갔다.

이성민은 도서관과 이어져 있는 외길을 보았다. 어느새 투신전의 주인은 그 끝에 있었고, 외길을 걷는 자들이 그의 뒤를 따랐다.

"하나 묻자."

투신전의 주인을 노려보고 있던 창왕이 입을 열었다. 그는 머리를 돌려 이성민을 보았다.

"무신은 강했냐?"

"그럭저럭."

"쯧."

이성민의 대답에 창왕이 눈썹을 찡그렸다. 그는 외길을 힐긋 보면서 투덜거렸다.

"무신과도 싸워봤어야 했는데……. 머저리 같은 놈. 설마 저곳에 오지도 못하고 뒈질 줄이야."

그 말에 이성민은 쓸쓸한 미소를 지었다.

"흑룡협."

창왕이 중얼거렸다.

"그놈보고 열심히 하라고 해라. 나도 왔는데, 그 새끼도 와야지."

"연애하느라 바쁩니다."

"그건 뭔 개소리냐?"

"성녀와 눈이 맞았어요."

"×을 뽑아버려라."

이성민의 대답에 창왕이 조금의 고민도 하지 않고 대답했다. 그 일관적인 태도에 이성민은 헛웃음은커녕 오싹함을 느꼈다.

"새끼가, 뭔 연애야? 나이 차이가 몇인데……. 쓸데없는 짓 하지 말라고 해. 말 안 들으면 네가 나 대신에 놈 ×을 뽑아버려라. 무인에게 여자는 필요 없다."

"그럼 여자 무인은 어쩝니까?"

창왕이 무슨 대답을 할까 궁금해 그렇게 물어보았다. 그러자 창왕이 미간을 찡그리며 되물었다.

"뽑을 게 없잖아."

"그건…… 그렇죠."

"미친놈. 무슨 생각을 하는 거냐?"

창왕에게 그런 말을 들으니 기분이 떨떠름했다. 창왕은 콧방귀를 뀌며 몸을 돌려 외길을 올려다보았다.

인사말도 없이 창왕은 외길로 향했다. 이제 이 공간에 있는 것은, 신령과 마령을 제외하고 허주와 사마련주뿐이었다.

"잘 지냈느냐?"

사마련주가 툭 하니 질문을 던졌다. 그것에 이성민은 헛웃음을 흘리며 사마련주를 보았다.

그는 괜스레 눈가를 손끝으로 한 번 문질렀다. 아까 흘렸던 눈물은 이제 흔적도 남아 있지 않았다.

"빨리도 물어보십니다."

"여태까지 살아 있는 것을 보면 나름 잘 지낸 것이겠지. 죽지 말고 잘 살아남으라고 본좌의 시체까지 주었는데."

사마련주가 큭큭 웃었다.

몇 번이고 보았던 유언장의 내용이 떠올랐다. 사마련주가 남겼던 유언장은 아직도 이성민에게 있었다.

"그리고 앞으로도 잘 지낼 것이고."

"그래야지요."

이성민은 고개를 돌려 사마련주를 보았다. 사마련주는 희미한 미소를 지으며 이성민과 눈을 맞대었다.

"……스승님은 잘 지내십니까?"

"잘 지내지. 이곳에서 살았을 때보다 즐겁더군. 저곳에는 본좌를 미치게 하던 무료함이 없으니까."

이성민에게는 사마련주의 기억이 있다. 그렇기에 그는 사마련주의 말에 무조건적인 공감을 할 수 있었다.

사마련주의 삶의 대부분은 무료함에 찌들어 있었다. 그는 속세의 삶에 거의 아무런 감정도 느끼지 못하고 살았다.

이전 세상에서 사마련주의 죽음은 언제나 자결이었다. 그리고 이번 세상도 크게 다르지는 않았다.

"그리움을 느끼지 않는 것은 아니다."

사마련주가 외길을 올라 보았다.

"덧없다는 생각도 하지. 이 세상에서 본좌는 고금제일인이었다."

"내가 더 강했다."

잠자코 듣고 있던 허주가 끼어들었다. 사마련주는 그 말을 아예 듣지 않았다.

"하지만 저곳에서는 아니야. 그것이 본좌를 더욱 즐겁게 하였지."

"그리움…… 은 무엇입니까?"

"본좌가 인간이었던 시절."

그 말은 지금의 사마련주가 인간이 아니게 되었음을 증명하는 것이기도 했다.

"인간이었을 때도…… 사실 그리 인간답지는 않았지만. 그래도 그 시절이 조금 그립기는 해. 요정의 숲에서 보내던 고요한 삶이 그립더군. 사실 그 숲의 생활은 그리 재미있지는 않았어. 하지만…… 본좌는 그 평온함이 좋았다. 저곳은 평온함과 거리가 먼 곳이다. 언제나 투쟁하며 앞으로 나아가야 하지."

말은 그렇게 하여도, 사마련주에게는 저 길을 내려가고 싶은 기색은 조금도 느껴지지 않았다. 그런 느슨한 마음을 가진 존재라면 필멸의 굴레를 벗는 것도 불가능하고, 저 길을 걷는 것도 불가능하다.

사마련주가 손을 뻗어 이성민의 어깨를 두드렸다.

"너는 본좌가 가르친 유일한 제자였다. 본좌는 비교 대상도 되지 않고, 시골 마을에 있는 코흘리개를 데려다 키워도 네놈보다는 재능이 나았을 것 같기는 하지만."

"그 정도는 아닙니다."

"그건 네 생각이고. 어찌 되었든, 그런 네가 제자라서 말년에 즐거움을 느꼈다. 본좌는 평생 개를 키워본 적이 없는데, 개를 키우는 느낌이었어."

"거짓말하지 마십시오."

시골 마을의 코흘리개에서 키우는 개로 신세가 전락했다. 이성민은 눈썹을 찡그리며 사마련주의 말을 부정했다.

이성민에게는 사마련주의 기억이 있었다. 사마련주가 이성민에게 품고 대했던 감정은, 개를 키우는 감정은 아니었다.

"본좌의 기억을 가지고 있으니 거짓말도 못 하겠군."

사마련주가 너털웃음을 흘렸다.

"본좌의 모든 것이 너에게 도움이 되어 다행이라 생각한다. 네가 본좌의 제자라 다행이었고, 본좌가 네 스승이라 다행이었다. 이렇게 다시 보게 되어 좋구나."

그의 말을 들으며, 이성민은 꾸벅 머리를 숙였다. 사마련주의 기억이 지금의 그가 하는 말과 섞였다.

사마련주가 이성민에게 품었던 감정이 진해졌고 그 감정을 느끼며 이성민은 두 눈을 감았다.

"느긋하게 오거라."

사마련주의 존재가 희미해졌다.

"저곳은 먼 길이야. 한번 오르면 다시 내려오는 것도, 돌아가는 것도 힘들다. 아니, 할 수야 있지. 그렇게 되면 다시는 저곳에 들어갈 수 없을 뿐이지."

"알고 있습니다."

"후회를 남기지 말고 오거라. 본좌는 조금 후회를 남겼어. 그래서…… 가끔 그리운 것이지."

그것이 사마련주가 가지고 있는 최후의 인간다움이었다.

이성민은 고개를 들었다. 그는 희미해지는 사마련주를 보며 말했다.

"당신이 나의 스승이라 좋았습니다."

"오슬라와 예화에게 안부를 전해다오."

사마련주가 웃으며 대답했다. 그리고, 사마련주의 모습이 사라졌다.

이성민은 다양한 감정을 느꼈다. 씁쓸함, 안타까움, 그리움. 이성민의 감정을 동요시켰던 사마련주의 기억이 사라지고, 오롯이 이성민만의 기억이 그 자리를 대신했다.

"이거 참."

홀로 남은 허주가 뒤통수를 벅벅 긁었다. 그는 떨떠름한 표정을 지으며 이성민을 보았다.

"생각보다 너무 빨리 보게 되어서, 뭐라 할 말도 없군."

그 말에 이성민은 큭큭 웃었다.

언제나 의식 한편에 있던 허주가 이성민을 떠나고, 투신전으로 향한 지 아직 일주일이 채 되지 않았다.

"어르신이 보고 싶어 울진 않았느냐?"

"울었어."

거짓말을 하지 않고 솔직하게 대답해 주었다. 허주는 두 눈을 끔벅거리다가 큰 소리로 웃었다.

"징그러운 새끼."

"약속도 하나 지켰다."

"뭔 약속?"

"똥통에 들어가는 거."

그 말을 듣고서 허주가 더 큰 소리로 웃었다. 배를 잡고 웃어대던 허주가 끅끅거리며 물었다.

"기분이 어떻더냐?"

"끔찍하더군."

"알았으면 됐다. 개 같은 새끼, 진즉에 똥통에 담가 버렸어야 했는데. 이제야 이 어르신의 고초를 알겠느냐?"

"그런데, 그때는 네가 똥통에 들어갈 짓거리를 했잖아."

"농담 몇 마디 한 것으로 정색하고 똥통에 담그겠다고 한 네 놈이 쓰레기인 것이다."

허주가 쯧쯧 혀를 차며 말했다.

"좋은 경험 하나 했다고 생각해라. 살아서 또 똥통에 들어갈 일이 언제 있겠느냐?"

"없겠지."

"크크크! 농담 삼아 던진 약속을 진짜 지킬 줄은 몰랐는데, 이렇게나 말을 잘 들을 줄이야. 그렇다면 앞으로도 걱정할 것은 없겠구나."

허주가 손을 뻗었다. 그 큼직한 손이 이성민의 머리 위로 올라왔다.

허주는 흐뭇한 미소를 지으며 이성민의 머리를 거칠게 쓰다듬었다.

"너는 혼자다."

허주가 말했다.

"하지만 네 곁에는 앞으로 쭉, 다른 누군가가 있겠지. 그것이…… 다행이라고 생각한다. 이 어르신이 직접 볼 수도 없고, 예전처럼 네 머릿속에 자리 잡아 함께 느낄 수는 없어도. 그래도…… 다행이라고 생각해."

허주가 빙그레 웃었다.

"그때도 말했지만, 너와 함께 있던 것은 즐거웠다. '저곳'에서의 삶도 즐겁지만, 가끔…… 그래. 양일천, 저 녀석이 말했던 것처럼. 과거가 그리움이 되더구나."

죽기 직전에 미련이 없다고 생각해도. 정말로, 아무 미련을 두지 않는 것은 불가능한 일이다. 모두가 많건 적건 간에 미련을 두고서 죽는다.

"내 미련은 너였다."

머리를 헤집던 허주의 손이 멈추었다.

"네가 너무 머저리 등신 같은 놈이라서. 너에 대한 걱정이 참 많았지. 그래도, 너를 믿었다. 너를 떠나기로 마음먹고, 너를 떠나면서…… 나는 너를 믿었다. 네가 절망하지 않고, 부서지지 않고, 죽지 않을 것이라 믿었다."

그러한 믿음이 허주가 이성민을 떠날 수 있게 만들었다.

"행복했던 적이 없다고 했었지."

이성민의 머리에서 허주의 손이 떨어졌다.

"앞으로는 행복해라. 개 같은 세상도 끝났어. 여전히 개 같을지도 모르지만, 이전보다는 아니겠지. 너는 결국 원하는 바를 이루었다. 너는 세상을 종언에서 탈출시켰다."

많은 감정이 떠올랐다. 여태까지 만나고, 떠나보낸 이들.

종언에 대해 알지 못했지만, 이성민과 함께 여행하고…… 세상이 정해둔 한계에 가로막혀, 끝까지 자신이 가진 운명의 한계를 넘지 못해 죽었던 광천마.

종언을 막겠다는 일념으로 목숨을 바치고, 죽일 수 없던 김종현을 시공간에서 추방시키고. 결국에 수명이 다해 죽었던 아벨.

아끼던 제자 청명을 잃고, 복수심으로 제니엘라를 가로막으며 이성민을 보내주었던 검선.

그 외에 다양한 일들이 이성민을 스치고 지나갔다.

"후련해해도 된다."

허주가 말했다.

"너는, 너에게 주어진 미련과 기대에 보답했다. 그러니까…… 이제는 네가 하고 싶은 대로 살아라. 행복했던 적이 없다고 했으니, 이제는 행복하게 잘 살아라. 즐기고 싶은 것을 다 즐기고, 최대한…… 아무 미련도 없이."

"……응."

"이 어르신의 미련은 너였다."

허주가 외길을 보았다.

"네가 만족스럽게 산다면, 내 미련은 없어지는 거야."

"······잠깐."

허주의 존재가 희미해지는 것을 느꼈다.

이성민은 급히 허주를 붙잡았다. 마지막 대화에 만족스러운 표정을 짓고 있던 허주가 눈썹을 찡그렸다.

"뭐냐. 떠날 분위기 다 잡았는데."

"야나에게 남길 말은 없냐?"

그 말에 허주가 망치로 머리를 한 대 얻어맞은 것 같은 표정을 지었다.

그 표정을 보며 이성민은 한숨을 푹 내쉬었다. 마령정에서 서럽게 울며, 감정을 필사적으로 억누르던 야나의 모습을 떠올렸다.

"그······ 음······."

"개새끼······."

허주는 이 순간까지 야나에 대해 별생각을 하지 않고 있었다.

이성민이 원망 어린 시선을 주자, 허주가 머뭇거리다가 두 눈을 질끈 감았다.

"미안하다고 전해줘라."

"그리고."

"어······. 행복하게 잘 살라는 말도."

"그리고."

"나 같은 놈 잊고······ 음······. 괜찮은 요괴나······ 인간 하나 낡아다가 낳을 수 있으면 애도 낳고……."

"진심이냐?"

"이런 씨발, 그럼 내가 대체 뭔 말을 하란 말이냐?"

허주가 얼굴을 일그러뜨리며 역정을 냈다.

"미안하고, 감정에 보답해 주지 못해서 미안하다. 잘 살아라. 끝이다. 더 해줄 말도 없어."

"나중에 다시 보자는 말은 해줄 마음 없냐?"

"빌어먹을, 여기가 뭐 오고 싶다고 아무나 올 수 있는 동네 식당도 아니고……."

허주가 투덜거렸다.

"볼 수 있음 보자고도 해."

"그래."

그 대답을 듣고서야 이성민은 만족하여 머리를 끄덕거렸다. 이제 야나를 만나도 뭔가 격려해 줄 말이 생겼다는 것이 이성민의 마음을 편하게 만들었다.

"오지랖도 넓은 새끼……."

"나 말고는 전해줄 사람도 없잖아. 저번에 떠나기 전에, 네가 야나에게 말 몇 마디라도 남겨주었으면 이럴 일도 없었어."

"그때 그런 생각할 겨를이 있었겠냐?"

허주가 투덜거리면서 쏘아붙였다.

"어쨌든, 할 말 다했다. 빌어먹을, 괜한 얘기를 해서 떠날 기분이 아니게 되었잖아."

"고맙다."

이성민이 풋 웃으며 말했다.

"그때도 말했지만, 고맙다. 전부…… 전부 다."

"알면 됐다."

허주가 마주 웃었다.

곧 허주의 몸이 사라졌다. 도서관은 여전히 투신전에 연결되어 있었지만, 외길을 걷는 이들 중 더 이상 도서관에 남아 있는 이들은 없었다. 그들에게는 저 길의 끝에 선 투신전의 주인이 있는 곳까지 가는 것이 그 무엇보다 중요한 일이었다.

"……후우."

이성민은 멀리 보이는 외길을 보았다. 그 끝에 선 투신전의 주인과 길을 걷는 이들을 보며 가슴에 드는 충동을 억눌렀다.

지금 당장에라도 저 길을 걸어보고 싶다는 충동이었다. 어느새 저만치 앞으로 나아가는 허주와 사마련주와, 초입에서 천천히 나아가는 창왕을 보면서.

명확한 목표를 갖고 그를 뛰어넘기 위해 나아가는 삶을 상상해 보았다. 막연한 두려움보다는 기대가 더 크게 느껴졌다.

'아니.'

아직은 안 된다. 이성민은 천천히 몸을 돌렸다.

"자아, 그럼."

마령은 조금 긴장한 얼굴로 이성민을 보고 있었다.

이성민은 마령을 향해 빙긋 웃어주었다.

"이제 어떻게 할까?"

바닥에 주저앉아 있는 신령의 몸이 사시나무처럼 떨렸다.

와들와들 몸을 떠는 신령을 보면서 이성민은 가학적인 유쾌함을 느꼈다. 제니엘라의 표정이 일그러졌을 때는 오히려 마음이 차분해졌는데, 신령이 저러는 것을 보니 즐거움을 견딜 수가 없었다.

애초에 비교 대상이 못 된다. 그 당시의 제니엘라가 굉장히 짜증 나고 열 받았던 것은 사실이고, 이성민에게 직접적으로 여러 가지 피해를 끼친 것도 사실이다. 하지만 그 모든 행동의 뒤에는 신령이 있었다. 이성민이 겪은 대부분의 일이 신령의 안배로 인한 것이었다.

"어쩔 셈인가?"

마령이 조심스레 물었다. 칼자루는 이성민에게 있었다. 지금 이성민이 쥐고 있는 칼은 투신전의 주인이 직접 쥐여준 칼이다. 사육장을 탈출한 이 세상에 더 이상의 관리자는 필요 없다.

"생각 중이야."

이성민은 겁에 질린 신령을 바라보면서 대답했다.

마령에게는 딱히…… 악감정이 없었다. 비록 그가 꾸민 안배가 이성민의 죽음을 전제로 둔 것이라고 해도, 종언을 막기 위한 마령의 노력은 진짜였고, 자신의 안배가 틀어졌을 때도 마령은 포기하지 않고 종언을 막으려 했다. 다만, 준비가 부족했을 뿐이다.

만약 모든 것이 마령의 안배대로 되었다고 해도. 위지호연이 이성민을 죽이고, 그에게 숨겨두었던 도서관의 열쇠가 위지호연에게 주어져, 그녀가 도서관에 들어오는 것이 성공했다고 해도. 마령이 생각했던 것처럼, 위지호연이 종언의 운명을 바꾸는 일은 일어나지 않았을 것이다.

도서관의 기록은 위지호연을 고정된 운명을 강제로 바꾸고, 필멸의 굴레에서 탈출시킬 정도로 대단하지 않았다. 몇 번을 반복해 오며 쌓이고 기록된 지식의 가치는 분명 값진 것이나, 그 이상의 가치와 가능성을 가지고 있지는 않았다.

위지호연이 이곳에 머무르며 종언을 계속 붙들고 있다면, 도서관을 엿보고 있던 초월적 존재들이 강림하여 위지호연을 죽였을 것이다.

이런 상황이 만들어진 것은 이곳에 온 것이 위지호연이 아닌 이성민이기 때문이었다. 에리아의 투자자들이 관심을 가진 것은, 이 세계에서 탄생할 수 있는 최고의 가능성인 이성민이었다.

고오오오오!

백색 공간이 요동쳤다. 마령이 놀라 주변을 둘러보았다. 하나, 둘. 이윽고 셀 수 없이 많은 빛이 공간을 가득 채웠다.

이성민은 당황하지 않고 그것을 바라보았다. 도서관에 기록되고 남아, 윤회하지 못해 고여 있던 모든 혼이 해방되고 있었다.

서로 빛을 내던 혼령들이 하늘로 솟구쳤다. 그리고 그들은 하나의 흐름이 되어 도서관 너머, 인식조차 할 수 없는 아주 먼 곳. 죽은 혼들이 당연히 가야 할, 윤회의 굴레로 향해갔다.

이성민은 우두커니 서서 혼들이 해방되는 것을 보았다. 사라지던 혼 중 몇 개가 이성민에게 다가왔다. 혼들은 모두 똑같은 모습을 하고 있었지만, 이성민은 다가오는 혼에게서 반가움을 느꼈다. 그는 빙그레 웃으며 혼들을 맞이했다.

"고맙네."

여러 목소리가 뒤섞였다. 그들에게 많은 시간은 허락되어 있지 않았다. 이런 식으로 한마디 말을 건네는 것이, 죽은 그들이 이곳에서 할 수 있는 유일한 자유였다.

이성민은 뒤섞인 목소리에서 광천마와 아벨, 검선을 느꼈다. 그는 살짝 머리를 숙여주었다.

"……미…… 안……."

엔비루스의 목소리가 희미하게 들렸다. 그는 그 말을 끝내지 못하고 혼의 흐름에 뒤섞여 사라졌다.

이성민은 그런 엔비루스에게 자그마한 동정심을 느꼈다. 공간을 가득 채웠던 수많은 혼이 사라져 가는 것을 보며, 이성민은 입을 열었다.

"너는 어쨌으면 좋겠지?"

이성민은 마령을 물끄러미 보며 물었다. 마령은 그 시선에 머뭇거리다가 입을 열었다.

"……윤회를 원한다."

마령이 작은 목소리로 대답했다.

그는 머리를 들어 하늘을 보았다. 셀 수 없이 많은 혼이 가야 할 곳으로 흘러가고 있었다. 그것은 맑은 밤하늘을 가로지르는 은하수와 같은 모습이었다.

"죽여달라는 건가?"

"그래…… 솔직히 말해서, 관리자의 권한을 잃고 육체를 갖게 된 내가. 이 세상에서 살아가며 할 수 있는 일은 없다."

"평범하게 사는 것이 즐거울 수도 있잖아."

"그렇기엔 내가 너무 많은 것을 알고 있어."

마령이 씁쓸한 웃음을 지었다.

"나는 관리자였을 때의 기억을 모두 가지고 있다. 진짜 몸을 가지게 되었다고 해서 그 기억이 사라지는 것은 아니야. 필멸자로서의 삶을 즐기기에는…… 너무 늦었지."

마령이 바라는 것은 안식이었다.

에리아는 사육장이 아니라 진짜 세계가 되었다. 여태까지 이 세계에서 죽었던 이들은 도서관의 기록으로 묶여 있었으나, 진짜 세계가 되면서 모든 혼은 윤회의 굴레로 흘러 들어갔다.

"네가 원한다면 기억을 지워줄 수도 있어."

"아니, 그냥 죽여줘."

마령이 머리를 가로저으며 대답했다.

"모든 것을 잊고 싶다. 내가 이 세계의 관리자였다는 것도. 내가 보아온 무수히 많은 반복도. 그 모든 것을 잊고…… 윤회의 굴레로 들어가, 하나의 생명으로 태어나고 싶다. 그것이 내 바람이다."

마령은 뜻을 바꾸지 않았다.

애초에 마령이 종언을 끝내고자 했던 이유가 결코 탈출할 수 없는 관리자로서의 삶을 끝내고 싶어서였다.

이 세상에 존재하는 가짜 신격. 므쉬와 데니르가 이성민을 돕고 백소고를 화신으로 삼으며 종언에 대항하고자 했던 이유도 그것이었다. 모두가, 반복되는 사육장에서의 삶에 지쳐 있던 것이다.

"자살할 생각은 없나?"

"그건 좀 무섭거든."

마령이 슬며시 웃으며 대답했다.

"죽어본 적이 없어서 말이야. 이 몸뚱이로 자살을 결심하는 것 자체가 두렵네. 내가 천천히 죽어가는 것이 너무 두려워.

물론, 천천히 죽어가는 것을 두려워할 새도 없이 빠르게 자살하는 것도 가능은 하겠지. 하지만 그것보다는, 네게 죽는 것이 나을 것 같아."

"고통 없이 죽을 수 있을 것 같아서?"

"그렇지."

이것도 어떻게 보면 자살이겠지만. 마령이 작은 목소리로 중얼거렸다.

이성민은 마령의 마음을 이해했다. 그는 천천히 머리를 끄덕거렸다.

"남기고 싶은 말은?"

"위지호연에게 미안하다고 전해주게."

마령이 희미한 미소를 지으며 대답했다.

"그리고…… 네게도."

"됐어."

이성민은 피식 웃으며 말했다.

"네 덕분에 이렇게 된 것이니까."

그 대답에 마령은 만족스러운 웃음을 흘렸다. 그 순간에 이성민의 손이 움직였다.

마령의 눈에서 빛이 사라졌다. 그의 몸이 기우뚱 쓰러졌고, 이성민은 쓰러진 마령의 몸을 받아주었다.

마령은 자신이 죽는다는 것을 느끼지도 못하고 죽었다. 마령은 최후에 자신이 원하는 대답을 들었고, 만족을 느끼며 죽었다. 죽는다는 것을 느끼지도 못했으니 고통도 느끼지 못했을 것이다.

이성민은 마령의 혼이 육체를 빠져나가는 것을 느꼈다. 그의 혼은 조금의 머뭇거림 없이 하늘을 가로질러 향하는 거대한 흐름 속으로 사라졌다.

"……갔군."

갇혀 있던 혼들이 너무 많았다. 그들이 만든 은하수는 사라지지 않고 하늘에 쭉 이어져 계속해서 흘렀다.

이성민은 경외감을 느끼며 그것을 올려다보았다. 그리고 천천히 머리를 숙였다.

"아프지?"

아까부터 아래에서 끙끙대는 소리가 들리고 있었다. 너무 아파서 울고, 그러면서도 어떻게든 해보려 하지만 그러기에는 또 너무 아파서 주저하고, 그래도 이 방법이 최선이라는 것을 알아서 다시 시도하고.

"혀 깨무는 거로는 못 죽어."

이성민은 쯧쯧거리며 신령을 내려 보았다. 영매의 몸을 한 신령은 피가 줄줄 흐르는 입을 양손으로 부여잡고 눈물을 뚝뚝 흘리고 있었다.

"그냥 아프기만 할 뿐이야."

이성민은 신령을 향해 손을 뻗었다. 신령이 입에서 피거품을 물고서 뭐라 소리를 냈다. 입안에 피가 가득 차서 무슨 말인지 알아들을 수가 없었다.

이성민은 신령의 얼굴을 잡고 턱을 벌렸다. 피가 꾸역꾸역 나오는 혀에 이빨 자국이 선명했지만, 반도 잘리지 않아 있었다. 이성민은 마법으로 신령의 입안을 씻어내고 치료 마법을 걸어주었다. 절단되지 않은 상처는 금세 아물었다.

"주, 죽어…… 죽여줘……."

신령이 애원했다. 이성민은 무뚝뚝한 눈으로 신령을 바라보았다.

혀를 깨물고 자살. 고전적이고 극단적인 방법의 자살이지만, 신령에게 있어서는 그것이 유일한 해방이었다. 지금 죽으면 마령처럼 윤회의 고리로 들어갈 수 있다. 그래서 죽으려고 했는데……. 혀를 깨문 것이 너무 아팠다. 어떻게든 용기를 내어 더 강하게 씹으려 해보아도, 이 몸은 처음 느껴보는 고통을 너무 쉽고 빠르게 학습했다. 도저히 턱에 힘이 들어가지 않았다.

"죽일 생각은 없다."

이성민은 손에 묻은 신령의 피를 그녀가 입고 있는 옷에 벅벅 문질러 닦았다.

"그것을 요구하기에는 너무 뻔뻔하다고 생각하지 않나?"

"어, 어쩔 수 없었어!"

신령이 비명처럼 외쳤다. 애원하듯 말했지만 바라는 대로 쉽게 죽지 못할 것쯤은 신령도 알고 있었다.

"나, 나는 결국 관리자에 지나지 않았다. 투자자들이 요구하는 성과를 내기 위해서 최선을 다해야 했다. 나, 나는 애초에 그런 존재로 만들어졌단 말이다……!"

이성민은 신령이 외치는 말을 끊지 않고 들었다. 신령이 계속해서 외쳤다.

"마령이…… 마령이 이상했던 것이다. 관리자인 우리에게 그런 행동은 존재해서는 안 되었어. 아, 아니, 어쩌면 마령이 그렇게 행동하는 것도 투자자들의 설계였을 지도 몰라. 결국, 결국에는 마령이 그렇게 행동한 덕에 성과를 거두었으니까……!"

그 말은 꽤 그럴듯하게 들렸다.

마령 스스로가 의식하지 못한다고 해도, 그가 신령의 뜻에 반하였기 때문에 이번 사육장은 큰 성과를 거두었다. 마령이 종언을 끝내는 것에 실패했다고 해도, 마령의 행동으로 인한 성과는 그대로 남는다.

하지만 인제 와서 그 진실을 알 수는 없었다. 마령은 이미 죽었고, 그의 혼은 저 거대한 흐름에 속해 윤회의 굴레로 향했다.

"그, 그래. 결국, 우리 모두가 놀아났을 뿐이다. 나는 내 역할에 최선을 다했을 뿐이고……! 그리고, 그리고…… 너…… 너는 나에게 감사해야 해. 나는 여태까지 몇 번이고 너를 죽일 수 있었다…… 하지만 죽이지 않았어……!"

"성과를 거두어야만 했으니까."

"하지만…… 그래도…… 내…… 내 덕분에……."

신령의 얼굴에 절망감이 번졌다. 그녀는 자신이 무슨 말을 하건 이성민을 설득하는 것이 불가능하다는 것을 알았다.

이성민은 뭐라 말을 잇지 못하는 신령을 보며 천천히 몸을 일으켰다.

"제니엘라가 너를 죽였어야 했어……."

신령이 중얼거렸다.

"너…… 너를 더 빨리 죽였어야 했어…… 너를 남겨서…… 그래서……! 허, 허주나 사마련주, 그 녀석들과 마찬가지로 죽여 버렸어야 했는데. 위지호연도, 백소고도, 스칼렛도, 다, 다른 모두도. 다 죽여서…… 병신 꼴로 살아가게 하는 것이 아니라 아예 죽였어야……."

"나를 화나게 하고 싶나?"

신령이 내뱉는 말을 다 듣고서, 이성민은 그렇게 물었다.

"왜. 네가 하는 말을 들으면, 내가 참지 못하고 욱해서 너를 죽일 것 같아?"

신령의 말문이 막혔다.

이성민은 큭큭 웃으며 말했다.

"물론 그런 일은 없을 거야. 욱해서 손이 나간다고 해도, 널

죽일 만큼 힘 조절이 서투르지도 않고."

"으……."

신령의 눈에서 희망의 빛이 사라지는 것을 보았다.

'이런 기분이군.'

이성민은 품 안에 있는 제니엘라의 영혼석을 떠올렸다. 굳이 희망을 주고, 그 희망의 불씨가 눈앞에서 꺼져가는 것을 보는 것. 희로애락을 느끼는 감각이 망가질 정도로 미쳐 버린다면, 이런 행위에라도 중독될 수밖에 없다.

이성민은 피식 웃었다. 조금 넘어가는 척이라도 해줄 것을 그랬나? 슬며시 드는 그런 후회감이 비정상이라는 것을 알아 역겨웠다.

신령이 크게 입을 벌렸다. 더 이상 방법이 없음을 깨달았고, 신령은 있는 힘을 다해 혀를 깨물려 했다.

콰직!

신령의 이가 혀를 씹기 전이었다. 이성민의 발이 신령의 윗니와 아랫니를 부수고 입에 틀어박혔다.

"아으으극!"

신령이 입에 박힌 발을 붙잡으며 버둥거렸다.

이성민은 천천히 힘을 주어 신령의 턱을 부수고 발을 뽑아냈다. 신령이 얼굴을 손으로 붙잡고 흐느끼며 비명을 질렀다.

"이건 너무하잖아."

이성민은 투덜거리며 신령을 보았다. 신령은 고통을 견디지 못하고 있었다.

그럴 수밖에 없었다. 관리자였던 그녀는 단 한 번도 진짜 육체를 가져본 적이 없었다. 월후나 영매의 몸을 빌리기는 했지만, 그것은 어디까지나 그릇이고 잘 움직이는 인형일 뿐이었다. 그렇기에 신령은 고통을 모른다.

"고문도 못 하겠군."

이성민은 투덜거리며 신령의 머리채를 잡았다. 신령이 덜덜 떠는 눈으로 이성민을 보았다.

몸뚱이를 고문한다면 신령의 나약한 정신이 붕괴해 버릴 것이다. 그건 이성민이 바라는 바가 아니었다. 그는 작은 아쉬움을 느끼며 신령의 눈을 들여 보았다.

"제니엘라는 잘 알지?"

"으……."

"그녀의 말동무나 해줘."

신령의 혼이 빠져나왔다. 이성민은 그녀의 혼이 다른 혼들의 흐름에 섞이기 전에 확실히 붙잡았다. 그리고 품에 있는 제니엘라의 영혼석을 꺼냈다.

"다 들었지?"

영혼석 안에서 제니엘라의 혼이 요동쳤다.

"네가 바라는 종언은 결국 오지 않았어. 네가 먼 옛날부터 바라던 모든 것들은, 너 스스로 바라던 것이 아니라 신령의 바람이었지."

제니엘라의 혼이 절망에 찬 고함을 질렀다.

"앞으로 사이좋게 잘 지내봐."

신령의 영혼이 제니엘라의 영혼석으로 흘러 들어갔다.

"그곳이 너희들의 지옥이다."

영혼석 안에서 두 개의 혼이 요동쳤다. 제니엘라의 혼이 신령의 혼에게 저주의 말을 쏟아냈고, 신령의 혼은 계속해서 비명을 질렀다.

이성민은 영혼석을 품에 넣고서 하늘을 보았다. 끝이 보이지 않을 정도로 많고 길었던 혼들의 은하수에 끝이 보이고 있었다.

이성민은 한동안 그 자리에 서서 그 거대한 흐름의 끝이 윤회의 굴레로 사라지는 것을 보았다. 한번 죽음을 겪었다고 해도, 이성민은 '진짜' 죽음이 무엇인지 모른다. 죽은 혼이 향한 윤회의 굴레가 어떤 것인지도 모른다. 그곳이 어떤 곳이건 간에, 도서관의 기록으로 남아 안식을 얻지 못하는 것보다는 나을 것이다.

또, 이성민은 잘 알고 있었다. 투신전으로 가게 될 자신이 윤회의 굴레로 향할 일은 없을 것임을.

"……환생이라……."

이성민에게는 인연이 없는 말이었다.

이성민은 피식 웃으며 몸을 돌렸다. 태어나서, 에리아에 소환되서 살다가 죽고, 다음 세상에서 태어나고.

생각해 보면, '시작'이라는 것은 참으로 불공평하고 부조리하기 짝이 없다. 누군가는 태어나면서부터 손에 금수저를 쥐고 있다. 단순히 운이 좋아서 돈 많은 놈 불알의 정자로 만들어졌고, 운이 좋아서 돈 많은 여자의 배 속에 잉태되어 태어난다.

노력? 그런 놈들에게 있어서 노력이란, 다른 정자들보다 빠르게 꼬리를 흔들어 앞으로 달려 나간 것뿐이다.

다른 누군가는 태어나면서부터 재능을 쥐고 태어난다. 그것은 경우에 따라서 흙수저를 금수저로 만들어준다.

그러한 시작의 부조리함은 이 세계에서도 똑같이 적용된다. 어떤 놈은 무공을 익혀 오고, 어떤 놈을 마법을 익혀 온다. 스타트 라인이 다르단 말이다.

'나는…….'

쥐뿔도 없었다고 생각했다. 무공도, 마법도 익히고 오지 않았다. 재능은 평범보다 못했다.

우습게도 쥐뿔도 없던 처지였기에 안배로서 선택되었다. 그리고 지금 이곳까지 왔다.

쥐뿔도 없었지만, 운명의 가호를 받았다. 재능이 없었기에 타인에게 받았다. 이성민을 이곳까지 오기까지 많은 것들이 그를 지탱해 주었다.

"그래도."

이성민은 윤회의 굴레로 사라지는 혼들을 보며 중얼거렸다.

"기왕이면 금수저 물고, 재능도 가지고. 그렇게 태어나기를."

그것이 윤회할 혼들에게 해줄 수 있는 최고의 기원이라고 생각하며 몸을 돌렸다.

이제는 바깥으로 나가야 했다.

에필로그

　이성민이 바깥으로 나왔을 때, 도서관은 다시 탑이 되었다. 하나, 탑은 더 이상 세상 모든 것을 먹어치우려 들지 않았다.

　이성민은 탑이 허공에 흩어지며 사라지는 것을 바라보았다. 혹시나 하는 마음에 탑의 파편을 잡으려 시도해 보았지만, 이성민의 능력으로도 소멸하는 탑을 붙잡을 수는 없었다.

　'뭐. 손에 넣어봤자 쓸 일도 없겠지만.'

　과욕을 부릴 생각은 없었다.

　이성민은 탑이 완전히 소멸하는 것을 확인한 뒤에 몸을 돌렸다.

　결계가 사라진 잠자는 숲은 평범한 숲이 되었다. 들어오는 자를 현혹시키고 미치게 하는 귀명도 이제는 없다. 귀명을 낼 혼들이 모조리 해방되었기 때문이다. 결계도 없고, 탑도 없다.

숲을 지키는 일족의 맥도 끊겼다.

'얌전히 있어줄까?'

이성민은 위지호연을 떠올렸다.

저 공간에 위지호연과 함께 들어갈 수는 없었다. 그때로써는 위지호연에게 상황을 설명하고 설득할 시간이 부족했다. 그래서, 공간 이동으로 위지호연을 휴젤 산맥의 정상에 있는 마령정으로 보내 버렸다. 요정의 숲으로 보낼 생각도 했었지만, 위지호연과 숲으로 돌아간 일행들이 상황을 전해 듣고 요정마로 돌아올 가능성을 무시할 수가 없었다.

종언을 끝낸 것은 후련했지만 자잘한 걱정이 들었다. 위지호연이 화를 내면 어떡하지, 같은 소인배스러운 걱정이었다.

이성민은 그런 별것 아닌 일에 걱정하는 자신이 우스워 피식 웃었다. 위지호연이 얌전히 있어주기를 바라며 공간 이동을 펼쳤다.

"생각보다 빨리 왔구나."

촤악!

이성민을 반긴 것은 차가운 물세례였다. 대뜸 면전에 물 따귀를 얻어맞았지만, 이성민은 조금도 당황하지 않았다.

피하는 것도, 막는 것도 너무 쉬웠다. 그럼에도 하지 않은 것은, 괜한 행동을 해서 안 맞아도 될 매를 벌고 싶지 않았기 때문이다.

"반응이 재미없어."

위지호연이 투덜거렸다.

그녀는 맑은 호수에 반쯤 잠겨 있었다. 몸에 달라붙은 피와 살점, 역한 냄새 등을 씻어내기 위해 목욕을 한 모양이었다.

이성민은 물기에 젖은 위지호연의 피부와 머리카락을 보며 낮게 헛기침을 했다.

보통, 목욕을 할 때에 옷을 입지 않는다. 위지호연은 그런 의미에서는 보통 사람과 똑같았다. 그녀는 아무것도 입지 않은 나신이었다. 이성민이 슬쩍 시선을 피하자 위지호연이 풋 하고 웃었다.

그녀는 물에 잠겨 있던 몸을 일으켰다. 그러고는 물에 젖은 장발을 위로 한 번 들었다가 털었다.

"그런 반응은 재미있구나."

"옷이나 입지 그래?"

이성민은 곁눈질로 위지호연을 보며 말했다. 10년 전과 비교해서 거의 변하지 않았…… 아니, 가슴이 조금 커졌나?

그 짧은 순간에 이성민의 눈은 위지호연의 몸에 일어난 자그마한 변화를 눈치챘다. 그러한 관찰력은 이성민 정도의 고수에게는 대단한 것도 아니었다.

"눈치챘나?"

위지호연은 이성민의 눈동자가 흔들리는 것을 놓치지 않았다. 그녀의 입꼬리가 히죽 올라갔다.

으스대듯 웃던 위지호연이 허리를 약간 뒤로 젖히며 날개 뼈를 가운데로 모았다. 가슴을 쭉 내밀어 손으로 허리를 짚은 위지호연이 턱 끝을 살짝 들었다. 오만하기 짝이 없는 자세였다.

"풍유환은 먹지 않았다."

그녀는 아주 조금 커진 자신의 가슴을 과시하며 이성민에게 선언했다.

"어느 순간, 조금씩 커지더구나. 어쩌면 앞으로 더 커질지도 모른다."

"그, 그래……."

어지간한 눈썰미가 아니고서는 알아차릴 수 없는 미세한 변화이기는 했지만, 위지호연은 자신의 가슴이 그 정도나마 조금 커진 것에 굉장히 만족을 느끼고 있는 모양이었다.

"너는 안 벗을 생각이냐?"

위지호연이 머리를 갸웃거리며 물었다. 그 질문에 이성민은 뭐라 대답하지 못하고 멍청히 눈만 끔벅거렸다.

"……왜 벗어야 하지?"

"내가 벗고 있으니까."

"그게 무슨……."

"아니면 그럴 마음이 안 드나?"

위지호연이 머리를 갸웃거리며 물었다.

그녀는 여태까지 취하고 있던 오만하기 짝이 없던 자세를 그만두었다. 그러고는 시큰둥한 얼굴로 몸에 묻은 물기를 툭 툭 털었다.

이성민은 떨떠름한 표정으로 위지호연을 보면서 머리를 가로저었다.

"……그건 아닌데."

"됐다."

위지호연의 몸이 위로 떠올랐다. 수면 위에 선 그녀는 남은 물기를 모조리 증발시켰다. 그러고는 아공간 포켓에서 새 옷을 꺼내어 주섬주섬 입기 시작했다.

그런 위지호연의 모습을 보며 이성민은 뒤늦은 후회를 느꼈다.

"미안해."

"뭐가 미안하다는 것이냐."

"그…… 옷 안 벗어서."

"괜찮다. 당장 그럴 기분이 안 드는 것은 나도 마찬가지다. 목욕이 다 끝나는 중에 네가 와버려서 벗고 있던 것이 전부다."

위지호연은 짐짓 아무렇지도 않은 척 대답하며 옷 안에 들어간 머리카락을 꺼내어 한 번 털었다. 그러고는 무심한 눈으로 이성민을 보았다.

"끝난 거냐?"

"응."

"전부?"

"그래."

이성민의 대답에 위지호연이 천천히 머리를 끄덕거렸다.

그녀는 멍한 눈으로 하늘을 올려 보았다. 잠깐 동안 침묵하고 있던 위지호연의 입술이 열렸다.

"이곳에 있던 마령의 흔적이 완전히 사라졌다."

"마령은…… 죽음을 원했어. 죽어서, 윤회의 굴레로 들어가…… 모든 것을 잊고 다시 태어나는 것이 마령의 바람이었지. 그래서 그 바람을 들어주었다."

"윤회…… 그렇군. 운명이 완전히 바뀌었구나. 너는 종언을 막은 것이 아니라, 이 세상의 구조 자체를 바꾸는 것에 성공한 것이었어."

위지호연의 대답에 이성민은 희미한 미소를 지었다. 위지호연이 천천히 머리를 내려 이성민을 보았다.

"마령의 존재가 사라진 것뿐만이 아니야. 나에게 주어졌던 가호가 사라진 것을 느꼈다."

"이 세상은 사육장이 아니게 되었으니까."

위지호연에게 주어진 가호는 마령이 부여한 것이고, 이 세상이 사육장이었기에 가능했던 가호다. 에리아가 사육장이었을 때에는 부조리한 재능을 강제로 부여하고, 존재의 격을 고정해 두는 것이 관리자의 권능으로 가능했다.

그러나 세상이 바뀌고 관리자가 사라지면서, 그러한 것들이 사라졌다. 지금의 위지호연은 모두가 인정할 정도로 부조리한 재능의 소유자가 아니었다. 존재의 격이 인간으로 고정되어 있지도 않았다.

물론, 그 부조리한 재능이 사라졌다고 해서 위지호연이 둔재나 범재가 된 것은 아니다. 마령의 가호를 갖고 있기 전에도, 위지호연은 천재였다. 그것은 그녀가 안배로 선택되지 않았던 이전 전생들에서 위지호연이 보낸 삶들이 증명하고 있다.

"그래."

위지호연의 입가에 천천히 미소가 번져나갔다.

"내가 억지로 갖고 있던 운명과 책임감과 그 모든 것이……사라졌다는 것이구나."

이성민도 위지호연과 함께 웃었다.

"처음 에리아에 소환되었을 때. 나는…… 내가 자유를 얻었다고 생각했다. 마교의 소교주라는 신분에서도, 교주라는 아버지의 그늘에서도 완전히 벗어나, 그 무엇에도 얽매이지 않는 '나'가 되었다고 생각했지."

위지호연은 수면 위를 걸으며 천천히 이성민에게 다가왔다.

"하지만 아니었어. 내가 알지도 못하는 운명이 나를 움직이게 하였고, 운명은 내가 바라지도 않던 사명과 책임을 강요했지. 결국, 나는 이 세상에서 단 한 번도 자유롭지 않았다."

위지호연의 걸음이 이성민 앞에서 멈추었다. 그녀는 크게 숨을 삼켰다. 그러고는 천천히 손을 뻗어 이성민의 어깨를 잡았다.

"이번에도, 네가 나의 처음을 가져가는구나."

이성민은 바로 앞에 있는 위지호연의 눈을 마주 보았다. 웃음으로 휘어진 그녀의 눈은 그 어느 때보다 따스한 빛을 담고 있었다.

"네가 나를 처음으로…… 자유롭게 만들어주었어."

이성민은 말없이 위지호연을 끌어안아 주었다. 위지호연은 저항 없이 이성민의 품에 안겼다.

"고마워."

위지호연이 작은 목소리로 소곤거렸다.

이성민은 위지호연을 내려 보았다. 검은 머리카락 사이로 드러난 귀가 발갛게 물들어 있었다.

"그런데 말이야."

잠시 동안 이성민의 품에 안겨 있던 위지호연이 입을 열었다.

"내가 없는 동안, 다른 여자는 없었나?"

"……응?"

그 말에 등골이 싸늘해졌다.

"대답하는 꼴을 보니 있기는 한 모양이군. 어디까지 갔지?"

"가기는 어딜 가?"

"그럼, 만나기만 했나?"

위지호연이 머리를 들었다. 감정을 읽지 못할 정도로 깊은 눈이 이성민을 보았다.

"내가 했던 말은 기억하나?"

"……언제 했던 말?"

"요정의 숲에서 너와 함께 나와, 헤어지기 전에 한 말."

"첫 번째면 괜찮다는……."

"그래. 지금도 똑같아. 네가 나의 처음이니, 네 처음은 무조건 나여야만 해. 그러면 된다. 네가 다른 여자를 만나도 상관없고, 첩을 들어도 상관은 없다. 하지만 정실은 나다. 무조건, 정실은 나야. 네가 다른 여자를 사랑해도 되지만, 무조건 나를 제일 사랑해야 해. 알겠나?"

"……당연히 그럴 거야."

"물론 나는 네 마음을 읽을 수는 없다. 그러니, 너는 나에게 항상 표현하고 알게 해줘야 해. 네가 그 누구보다 나를 가장 사랑하고, 나를 첫 번째로 여긴다는 것을. 만약…… 내가 그것을 의심하게 된다면."

위지호연의 눈이 가늘어졌다.

"……흠. 죽여 버리겠다고 말하고 싶은데, 네가 나보다 강하니 해봤자 의미가 없군."

"그런 일은 절대 없으니 걱정하지 않아도 돼."

"그건 지켜봐야 아는 법이지."

위지호연은 그렇게 말하면서 이성민의 품을 빠져나왔다. 둘 사이에 어색한 공기가 흘렀다.

이성민은 뭐라고 말을 할까 고민하다가, 결국 한숨을 쉬며 관자놀이에 손가락을 가져다가 대었다.

이윽고 이성민의 기억 중 일부가 빠져나와 위지호연에게 날아갔다.

"이건 뭐냐."

"내 기억이야."

"그걸 왜 보여주지?"

"내가 설명하는 것보다는 네가 보고 이해하는 것이 나을 거라고 생각해서. 나는 말주변이 그리 좋지 않거든."

"치사하고 비겁하군."

이성민의 대답에 위지호연이 피식 웃으며 말했다.

"네 입장에서의 기억이다. 그것을 받아들이게 된다면, 나는 싫어도 네 상황에 이입하여 이해할 수밖에 없잖나."

"……그럴 생각으로 주려 한 것은 아니야. 불쾌하다면 그만 둘……."

"아니."

위지호연은 이성민의 말을 끊고서, 그의 기억을 양손으로 받았다.

"보고 싶고."

위지호연의 얼굴에 얇은 미소가 번졌다.

"느끼고 싶어."

그녀는 만져지는 느낌이 없는 빛을 손으로 소중히 감싸 쥐었다.

"내가 모르는 너를 알게 되는 것이니까."

위지호연은 주저 없이 이성민의 기억을 받아들였다. 그것에는 위지호연과 헤어지고, 이성민이 겪은 모든 일이 담겨 있었다.

위지호연은 가만히 서서 이성민의 기억을 느꼈다. 오랜 시간은 필요하지 않았다. 이성민의 기억을 모두 보고서, 위지호연은 풋 하고 웃었다.

"가자."

위지호연이 이성민의 손을 잡았다.

"나도 만나고 싶어졌어."

위지호연이 웃으며 말했다.

"이 새끼. 뭔 짓을 하느라 여태 안 오는 거야?"

손톱을 잘근잘근 씹던 스칼렛이 참지 못하고 투덜거렸다. 요정의 숲, 오슬라의 호수 주변에 많은 이들이 모여 있었다.

그들은 잠자는 숲에서 대체 무슨 일이 벌어진 것인지에 대해서는 자세히 알고 있지 못했지만, 절대로 바뀌지 않을 것만 같았던 종언의 운명이 바뀌었다. 멈추는 것도, 유예를 얻는 것도 아니라. 아예 운명이 바뀌어 버렸다.

이곳의 모두가 그 사실을 알게 된 이유는 오슬라 때문이었다. 본래 그녀는 요정의 숲을 나갈 수 없었다. 정령의 여왕이 직접 강림하는 것이 불가능한 것처럼, 요정의 숲에 존재가 얽매여 있는 것이 이 세계에서 오슬라가 가진 주박이었다.

그런데 그 주박이 사라졌다. 그것뿐만이 아니었다. 초조한 마음으로 숲에서 기다리던 중, 오슬라는 요정계에서의 지령을 들었다.

"확실한 거죠?"

초조함을 티 내지 않으려 노력하던 백소고가 결국 그렇게 묻고 말았다. 숲 바깥으로 이어지는 길을 힐끗거리던 오슬라가 화들짝 놀라 머리를 끄덕거렸다.

솔직한 마음으로는 당장에라도 숲 밖을 나가보고 싶었다. 평생을 이 숲을 나가지 못하고 살았다. 바깥이 어떤 곳인지는 충분히 알았지만, 숲 밖의 세상을 두 눈으로 직접 보고 싶었다.

"응. 이 세상에 더 이상 종언은 존재하지 않아."

"그런데 왜 안 오는 거야?"

참다못한 스칼렛이 자리에서 벌떡 일어섰다.

"설마 할 일 다 하고 죽어버린 것은 아니겠지?"

"그건 나도 몰라."

오슬라가 입술을 삐죽거렸다. 스칼렛은 답답함에 가슴을 두드렸다. 잠자코 이야기를 듣고 있던 흑룡협이 물었다.

"정 궁금하면, 직접 가보면 되지 않나?"

"우리 도움이 필요 없다고 혼자 가버린 놈인데. 뭐가 예쁘다고 가서 환영해 줘요?"

결국 자존심 문제였다. 백소고는 그런 스칼렛을 조용히 흘겨보았다. 사실 그녀는 지금이라도 잠자는 숲에 가서 이성민을 만나보고 싶었다.

만나서, 수고했다고 말해주고 싶었다. 손을 잡아주거나 끌어안아 주며 사제와 이야기를 나누고 싶었다.

"뭘 봐. 안 갈 거야. 가고 싶으면 너 혼자 뛰어서 가."

스칼렛은 쓸데없이 자존심이 강했다. 요정마는 스칼렛에게 귀속되어 있었기 때문에, 스칼렛이 요정마를 태워주지 않는다면 그 먼 잠자는 숲까지 갈 방법이 마땅치 않았다.

"그래도. 오지 못할 상황이라 오지 못하는 걸 수도 있잖나."

로이드가 슬며시 입을 열었다. 그 곁에서 루비아도 열심히 머리를 끄덕거렸다.

"어쩌면 반쯤 죽어가면서 저희 도움을 기다리고 있을지도 몰라요."

"머리가 날아가도 살아나는 놈인데 무슨."

"어쩌면 저주를 받았을지도……."

테레사가 걱정스러운 표정으로 말했다. 그런 말을 듣고 있으니 스칼렛도 혹시 모른다는 생각이 들었다.

결국, 스칼렛은 헛기침을 하며 머리를 끄덕거렸다.

"……좋아. 그러면 일단 가서 확인을……."

그 말이 끝나기도 전이었다. 호수 상공에 거대한 마력이 모였다.

로이드와 스칼렛이 벌떡 몸을 일으켰다. 오슬라도 머리를 돌려 호수 상공에서 벌어지는 마법을 응시했다.

잠깐 당황하기는 했지만 놀라지는 않았다. 이 세상에서 공간 이동 마법을 펼칠 수 있는 것은 오직 한 명뿐이다.

"얼씨구."

스칼렛이 헛웃음을 흘렸다.

이성민은 자신에게 향하는 많은 시선을 느끼며, 위지호연의 손을 잡고 호수 수면 위로 내려왔다.

그는 이쪽을 향하는 매서운 적의를 이해하지 못하고 머리를 갸웃거렸다.

'뭐야?'

특히 스칼렛의 눈이 매서웠다. 스칼렛만큼은 아니었지만 백소고의 시선도 그리 우호적인 감정이 많지는 않았다.

테레사와 루비아는 서로 시선을 맞대며 고개를 가로저었고, 흑룡협도 낮게 헛기침을 했다.

로이드는 괜히 휘말리고 싶지 않다는 듯 불편한 다리로 한 발 물러섰다. 오슬라조차도 어이가 없다는 표정을 짓고 있었다.

"다들 왜 그러십니까?"

이성민은 이해할 수 없다는 표정을 지으며 그렇게 물었다. 아무리 생각해 봐도 자신이 저런 시선을 받을 이유가 없었다.

그는 이 세상을 멸망으로 몰아가는 종언을 막고, 세상의 운명을 완전히 바꾼 영웅이었다. 세상 사람들은 모를지라도 저들은 그것을 잘 알고 있을 것이다. 그런데 왜 노려보는 것일까?

"뭐? 오지 못하는 상황?"

스칼렛이 씨근거리며 내뱉었다.

"움직이지 못할 정도의 중상? 저주? 개뿔이!"

스칼렛이 빽 고함을 질렀다.

"뭐 하느라 늦나 했더니……!"

"아니…… 잠깐……."

뒤늦게 상황을 이해한 이성민이 급히 손을 내저었다. 하지만 이쪽을 향하는 적의는 사라지지 않았다.

그러는 동안. 위지호연은 고요한 눈으로 이곳을 보는 모두를 보았다.

"직접 만나본 적은 없지만."

위지호연이 작은 목소리로 중얼거렸다. 그녀의 눈이 백소고에게 향했다.

오래전 같은 던전에 있기는 하였지만, 위지호연은 백소고를 기억하지 못했다. 그 당시의 위지호연에게 있어서 묵섬광 백소고의 이름은 그 정도밖에 되지 않았다. 저들 중에서 위지호연이 그나마 실제로 면식이 있는 것은 오슬라 정도였다.

"다, 누군지 알겠어."

위지호연은 희미한 미소를 지으며 모두를 보았다.

묵섬광 백소고, 적색 현자 스칼렛 레시르, 흑룡협 래곤, 교회의 성녀 테레사, 금색 마탑주 로이드, 인공 정령 루비아, 요정의 여왕 오슬라.

이성민의 기억 일부를 받은 덕에, 위지호연은 그들 모두를 알았다. 자신이 없는 동안, 이성민의 곁에서 그와 함께 종언을 막기 위해 맞선 이들.

위지호연은 천천히 숨을 들이켰다.

"나는 위지호연이다."

무덤덤한 소개였다. 그 갑작스러운 소개에 누구 하나 제대로 반응하지 못했다.

위지호연은 그들의 침묵을 신경 쓰지 않았다. 대신에, 보란듯이 손가락을 들어 이성민을 가리켰다.

"이 녀석의 첫 번째다."

"허……."

위지호연의 당당한 선언을 듣고서, 로이드가 긴 침묵을 깨고 한숨을 내쉬었다.

"그것…… 참……. 당돌한 아가씨로군……."

백소고는 아무 말도 하지 못하고 멍하니 두 눈만 깜빡거렸다. 스칼렛의 어깨가 바르르 떨렸다.

그녀는 크게 숨을 들이켜더니, 머리를 몇 번 끄덕거렸다.

"아, 예."

잔뜩 비꼬는 투로 중얼거렸다.

테레사와 루비아는 얌전히 서로의 손을 잡았다. 그러고는 소녀처럼 두 눈을 빛내며 상황을 바라보았다. 팝콘이라도 들면 어울릴 것 같은 모습이었다.

"저기."

얌전히 입을 다물고 있던 오슬라가 목소리를 냈다.

"나, 숲 밖에 나가봐도 돼?"

그녀에게 있어서는, 이런 대화보다는 숲 밖을 구경하는 것이 더 즐겁고 설레었다.

잔뜩 어색한 분위기를 만들고서, 위지호연은 호숫가를 떠났다. 예전에 지내던 꽃밭을 다시 보고 싶다는 것이 이유였다.

같이 가겠냐는 물음에, 이성민은 머리를 가로저었다.

"다음에."

앞으로 시간은 얼마든지 있다. 당장 그녀와 함께 꽃밭을 보지 않는다고 해도, 앞으로 얼마든지 위지호연과 꽃밭을 볼 수 있을 것이다.

위지호연은 이성민의 대답에 희미한 미소를 지으며 머리를 끄덕거렸다.

"아주 눈치가 없지는 않나 봐."

위지호연이 사라지고서, 스칼렛이 중얼거렸다. 그녀는 팔짱을 끼고서 이성민을 노려보았다. 하나밖에 없는 눈에서 안광이 번뜩거렸다.

"듣고 싶은 이야기가 참 많은데. 다 설명해 줄 수 있어?"

"물론이죠."

이성민은 주저 없이 대답했다. 말보다는 직접 보여주는 것이 빠르다는 생각에 이성민은 자신의 관자놀이에 손가락을 가져갔다. 그것을 본 스칼렛이 눈썹을 찡그렸다.

"다 안 보여줘도 돼."

"예?"

"네가 저 잘난 첫 번째 님이랑 물고 빨고 한 것은 안 보여줘도 된다고."

"물고 빨고 한 적 없습니다."

"하긴."

이성민의 항변에 스칼렛이 고개를 주억거리며 납득했다. 곁에 선 백소고는 불편한 표정을 지으며 스칼렛을 흘겨보았다.

"왜 괜한 말을 하고 그래요?"

"뭐가 괜한 말이야, 너도 궁금했으면서."

"안 궁금했어요."

"거짓말 안 하기로 한 것 아니었어?"

스칼렛이 놀리듯 말하자 백소고의 어깨가 바르르 떨렸다. 그 모습을 보면서 스칼렛은 낄낄 웃었다.

"놀리는 맛이 있다니까."

"짓궂은 말은 하지 마요."

"알았어, 알았어. 내가 괜히 놀려대지 않아도 충분히 예민하다는 거지?"

그 말에 백소고가 입술을 꾹 다물고서 스칼렛을 노려보았다. 그 시선에 스칼렛은 슬쩍 턱을 당기며 이성민 쪽으로 시선을 돌렸다.

"그래. 물고 빨고 한 것 치고는 빨리 오기는 했지. 설마 조루는 아닐 테고."

"아닙니다."

"그으래애?"

이성민이 눈썹을 찡그리며 답하자, 스칼렛이 말을 길게 늘리며 놀려댔다.

오가는 대화를 들으며 루비아와 테레사가 수군거렸고, 흑룡협은 진지한 표정을 지으며 머리를 끄덕거렸다.

"만약 그렇다면 큰 문제지."

"아니라고 하지 않았습니다. 아무 문제도 없습니다."

흑룡협의 중얼거림을 들은 이성민이 빠르게 내뱉었다.

멀찍이 선 로이드는 우울한 표정이었다. 오랜 세월을 살았지만, 그는 가정도 없고 연인도 없었다. 그런 면에서 보면 로이드야말로 진정한 대마법사였다.

로이드는 다시는 돌아오지 않을 자신의 젊은 날을 떠올리며 긴 한숨을 흘렸다.

"덧없는 일이로다……."

궁상맞은 중얼거림이었다. 이성민은 한순간 욱했던 마음을 가다듬고서 기억을 뽑아냈다.

괜한 소리를 들은 탓인지, 이성민은 위지호연과의 일은 뽑아내지 않았다. 저들의 궁금증을 해소해 주는 것에는 도서관의 기억만으로 충분했다.

이성민이 마법을 쓰는 것을 보며 스칼렛이 킬킬 웃었다.

"마법은 참 편하지?"

"예."

"앞으로 넌 나를 많이 도와줘야 할 거야. 나는 말이지, 네가 쓰는 마법에 굉장히 많은 흥미를 가지고 있거든. 용언 마법이라고는 로이드 님에게 들었는데…… 후후. 드래곤도 아닌 네가 용언 마법을 자유자재로 다룬다는 것을 알면, 모든 마탑이 너를 모르모트로 삼으려 들걸."

"협조해 줄 생각 없습니다."

"나한테도?"

"하는 것 봐서요."

이성민은 그렇게 말해주고서 뽑아낸 기억을 모두에게 전해주었다. 숲 밖으로 나갈 생각에 들떠 있던 오슬라도 얌전히 이성민의 기억을 읽었다.

"……맙소사."

그리고 가장 먼저 그녀가 경악하여 중얼거렸다. 그녀는 두 눈을 휘둥그레 뜨고 이성민을 돌아보았다.

놀란 것은 오슬라뿐만이 아니었다. 모두가 이런 방법으로 세상의 운명이 바뀌었음에 놀랐다.

"……요정계가 협력할 수밖에 없지. 결국 우리는 손해를 보지 않으니까."

오슬라가 한숨을 쉬며 중얼거렸다.

"투신전이 그렇게 대단한 겁니까?"

로이드가 오슬라를 향해 물었다. 이성민의 기억을 통해 보기는 했지만, 오슬라와 이성민을 제외한 나머지는 투신전의 존재를 실감하지 못하고 있었다.

오슬라가 천천히 머리를 끄덕거렸다.

"대단하고…… 위험하지. 봐, 사절로 보냈던 공포의 마왕이 너무 쉽게 소멸당했잖아. 그런데도 대마계의 마신은 그 순간에 아무 대응도 할 수가 없었어. 대마계로서도 당장 투신전과 싸움을 벌이고 싶지 않았다는 거야."

만약 대마계의 마신이 도서관에 강림했다면 상황이 바뀌었을까. 이성민은 그것에 어떠한 답도 내놓을 수가 없었다.

애당초 도서관은 마신의 강림을 감당할 공간도 못 되었다. 투신전의 주인이 직접 강림할 수 있었던 것은, 명확한 실체가 없는 투신전이 이성민에 의해 강제적인 공간 침식을 벌인 탓이었다.

"대마계로서는 더 이상 이 세상에 간섭할 수 없다는 것이 뼈 아프겠지만, 결과적으로 요정계와 정령계는 손해를 보지 않았어. 우리는 계속 이 세상을 구성하는 것에 힘을 보태고 있고, 이 세상의 기록을 도서관을 통해 열람할 수 있으니까."

오슬라는 거기까지 말하고서 잠시 침묵했다.

결과적으로 그녀에게는 잘된 일이다. 만약 예정대로 종언이 이행되었더라면, 오슬라는 오랜 약속을 어긴 대가로 소멸보다 더한 억겁의 고통을 당했을 것이다.

"……련주는 바보야."

오슬라는 그렇게 중얼거리면서 날개를 축 늘어뜨렸다.

"안부를 전해주라니. 그런 말은 부족해. 예전이나 지금이나…… 련주는 바보야."

사마련주는 요정의 숲에서의 보내던 시절을 그리움으로 여긴다고 했다.

오슬라는 머리를 돌려 사마련주의 무덤을 보았다. 찔끔 배어 나온 눈물을 손등으로 문질러 닦았다.

"천외천이로군."

흑룡협이 작은 목소리로 중얼거렸다. 그는 이성민의 기억을 통해 본 창왕의 모습을 떠올렸다.

투신전. 그곳이야말로 진정한 천외천이었고, 창왕이 바라마지 않는 세계였다. 조금씩 전진하는 창왕의 모습을 떠올리며 흑룡협은 씁쓸한 미소를 지었다.

"자존심 때문이라도 가야겠어."

'×을 뽑아버려라.'

그 살벌하기 짝이 없는 말은 창왕의 진심이었을 것이다. 흑룡협은 괜스레 손을 내려 사타구니를 가렸다.

민망한 표정의 테레사와 눈이 마주치자, 흑룡협은 재빨리 손을 들어 뒤통수를 긁적거렸다.

"……아벨 님과 스승님은…… 윤회의 굴레로 들어가셨군."

로이드는 두 눈을 감고 중얼거렸다. 잠시 동안 그들과의 기억을 되짚던 로이드는, 이성민을 향해 꾸벅 머리를 숙였다.

"고맙네. 두 분의 혼을…… 해방시켜 주어서."

"주인님……."

루비아가 침울한 표정을 지으며 어깨를 떨구었다.

"……광천마 할아버지도…… 좋은 곳에 가셨겠죠."

"그럴 겁니다."

광천마와 여행했던 것은 이성민과 루비아뿐이다.

루비아는 호탕하게 웃던 광천마의 웃음을 떠올렸다. 처음 타본 기차가 신기하고 재밌어서. 창가 자리에 앉아 바깥을 보며 연신 탄성을 내지르던 그 모습을. 한때의 인연을 위한 복수에 성공하고 결국 죽어버린 그를.

"종교를 만들라니."

스칼렛이 작은 목소리로 중얼거렸다.

"그 대단한 분께서도 터무니없는 일을 시키셨네. 종교가 뭐, 뚝딱 하고 만들어지는 건 줄 아나?"

"열심히 전도하면 되겠지요."

이성민은 은근한 눈으로 테레사를 보았다. 그 시선에 테레사가 화들짝 놀랐다.

"저, 저는 모시는 신이 따로 있어요."

"교회는 다신교 아닙니까? 종교 하나 추가해 주십시오."

"저에겐 그런 권한이 없다고요……. 개교(開教)가 쉬운 일도 아니고요."

"어느 정도 힘은 써주실 수 있지 않습니까?"

"신도도 없고……."

"신도가 왜 없습니까?"

"그런 식으로 개교해서 교회에 소속된다면, 세상에는 온갖 잡스러운 종교가 넘쳐날걸요."

테레사가 부정적인 반응을 보였다. 생각처럼 쉽게 풀릴 것 같지는 않았다.

하지만 상관없었다. 시간은 얼마든지 있었고, 마찬가지로 방법도 얼마든지 있었다.

제각각 고민에 빠진 이들을 보며 이성민은 슬며시 뒤로 물러섰다. 각자 앞으로의 일을 고민하느라 이성민에게는 신경을 쓰고 있지 않았다.

어느 정도는 이성민의 의도한 일이었다. 덕분에 그는 위지호연이 던지고 간 파격적인 발언으로 인한 어색한 분위기에서 탈출할 수 있었다.

"사제."

몸을 빼려던 이성민을 향해 백소고가 말을 걸었다.

"예…… 예? 사저. 무슨 일이십니까?"

"하고 싶은 말이 있어."

백소고가 크게 숨을 삼켰다. 아주 잠깐이라도 좋으니까 머 뭇거리고 싶었다.

하지만 백소고는 머뭇거려서는 안 된다는 것을 알았다. 다 시 만나게 되면 거짓말을 하지 않겠다고 말했었다. 그것은 이 성민에게 한 약속이었고, 백소고가 자신 스스로에게 한 약속 이기도 했다.

"나는 사제가 좋아."

이성민은 그 자리에서 굳어버렸다.

"……워어……."

설마 이 상황에서 말할 것이라고는 생각지도 못했기에, 스 칼렛은 자신도 모르게 그런 소리를 냈다.

"……사저."

"사형제로서 좋다는 것은 아니라고 생각해."

백소고는 시선을 피하지 않았다. 그녀는 텅 빈 한쪽 팔의 소 매를 꽉 잡으며 말했다.

"언제부터인지는…… 잘 모르겠어. 어쩌면, 므쉬의 산에서 어린 사제를 만났을 때. 죽어가는 사제를 보고 품었던 동정심 이 시작이었을 지도 몰라."

그것에 대해서는 백소고 스스로도 정확히 알지 못했다. 감 정이라는 것은, 어느 순간부터 급격히 변하는 법이다.

"산에서 둘이 함께 보냈던 시간. 사형제로서의 정…… 응, 처음에는 분명 그랬을 거야. 그리고…… 내가 먼저 산에서 내려가고. 검귀 어르신이 죽었던 날, 사제를 다시 만났지. 사제는…… 산에서 보았을 때와는 전혀 다른 모습이었지. 검귀 어르신의 시체 앞에서, 망연자실한 표정으로 앉아서…… 나는 그때의 사제가 너무 안쓰러웠어."

그때의 일은 이성민도 선명하게 기억한다. 자신도 모르게 펼친 수법으로 검귀를 죽이고, 이런 죽음을 맞이하고 싶지 않았다며 울부짖으며 죽어가던 검귀를 앞에 두면서. 이성민은 자신의 나약함에 절망했었다.

그때 백소고와 재회했다.

"그리고 던전에서도. 사제는…… 나를 구하기 위해 최선을 다했어. 사제는 내게 있어서 생명의 은인이었어."

"……사저."

"나중에 다시 만났을 때. 이성을 잃고 날뛰는 사제를…… 게르무드에서 제압했을 때. 그리고 뱀파이어 퀸의 저택에서 사제가 나를 구했을 때. 절망감에 주저앉은 나를 사제가 일으켜 세워주었을 때."

웃고 있는 백소고의 두 눈이 파들거리며 떨렸다.

"솔직히…… 계기가 너무 많아. 대체 언제부터 사제에게 이런 감정을 품었는지 모르겠어. 어느 순간부터, 나는 사제를 사제로서 대하는 것이 힘들어졌고…… 사제에게 사형제 이상의 무언가를 기대하기 시작했어. 그것이 말도 안 되는 일이라 생각해서 감정을 외면했고, 거짓말을 했지."

"사저."

"순서는 중요하지 않다고 생각해."

백소고가 호흡을 끊으며 내뱉었다.

"위지호연. 그녀가 내가 알지 못하는 사제를 알고 있는 것처럼, 나 역시 그녀가 모르는 사제를 알아. 사제와 그녀 사이에 내가 모르고, 끼어들 수 없는 유대가 있다는 것도 알아. 하지만 나에게도 그런 것은 있을 거야."

이성민은 아무런 말도 하지 않았다.

지금의 백소고는 그 어느 순간보다 진실된 모습이었다. 악을 멸하고 좋은 세상을 만들겠다는 그 터무니없는 이상을 신념으로서 떠들 때보다. 지금, 저렇게 말하고 있는 백소고야말로 진짜 그녀의 모습이었다. 백소고의 신념을 위선이라고 생각하지는 않는다.

하지만 그러한 신념이 만들어진 것은 백소고가 태어나고 자라면서 갖게 된 가치관 때문일 것이다. 백소고는 좋은 사람이다. 너무, 좋은 사람. 불의를 보면 앞으로 나서고, 의와 도리를 중히 여긴다. 지금의 백소고는 그녀가 평생토록 가지려 하지 않고, 의식하지 않으려 한 감정에 충실했다.

"……사제가 나를 그렇게 여기지 않는다고 해도 괜찮아."

백소고는 가슴 속에서 북받쳐 오르는 감정을 꾹 눌러 삼키며 웃었다.

"그래도. 그래도…… 솔직하게 말하고 싶었어. 거짓말은…… 옳지 않으니까."

"……고맙습니다, 사저."

이성민은 천천히 웃으며 머리를 끄덕거렸다.

"사저에게 거짓말은 어울리지 않아요."

"이상한 기분이야……."

백소고는 하나뿐인 팔로 자신의 가슴을 꾹 눌렀다.

"후련하면서도…… 답답해. 아파……."

"사저가 말한 것처럼."

이성민은 천천히 백소고를 향해 다가갔다.

"내가 위지호연과 어떤 유대를 가진 것처럼, 사저 역시 저와 유대를 가지고 있을 겁니다. 이곳의 모두가 그래요."

"……응."

"솔직하게 말해줘서…… 고맙습니다. 과분하다고 생각해요. 사저는…… 너무 좋은 사람이에요."

이성민은 백소고의 앞에 섰다. 백소고가 억지로 지은 미소를 떨면서 이성민을 보았다.

이성민은 양팔을 벌려 백소고의 어깨를 안아주었다.

"……아파하지 마세요, 사저."

"……그러고 싶어."

"왜 아파하는 겁니까. 사저가 싫다고 한 적도 없는데."

그 말에 백소고의 어깨가 흠칫 떨렸다. 그것을 보고 있던 테레사와 루비아의 눈이 초롱초롱 빛났다.

흑룡협은 떨떠름한 눈으로 이성민을 보며 내심 생각했다.

'결국 양다리 아닌가?'

차마 그 말을 내뱉지 못했다. 예전에, 김종현의 첫 번째 토벌전에서도 느꼈던 것이지만. 저놈은 인성이 참 못돼 먹은 놈이라는 생각이 강하게 들었다.

'나도 결혼하고 싶군.'

로이드는 침울한 눈으로 이성민을 보았다.

'아니. 연애라도……'

위지호연도 어디 내놓아도 극찬을 받을 미인이고, 백소고도 위지호연과 비교해서 부족하지 않다. 왜 운명은 저토록 아름다운 여인 둘을 한 남자에게 주었단 말인가. 이것조차 안배된 운명인가? 왜 나에게는 저런 안배가 없는 것일까. 로이드는 괜스레 자신의 머리를 더듬었다.

'그래도…… 머리털은 아직 풍성해.'

주름이야 마법으로 지울 수 있다. 진짜 청춘은 아득하게 지나갔지만, 아직 황혼의 때는 오지 않았다. 마음이 청춘이라면 나이는 중요하지 않다.

로이드는 내일부터라도 마탑의 인맥을 활용해 여자 마법사를 만나봐야겠다고 생각했다. 물론, 그에게 있어서 곁에 있는 스칼렛은 후보조차 되지 않았다.

"사제…… 그, 그렇다는 건……."

"서두르지 않아도 됩니다."

이성민은 백소고의 등을 쓸어내려 주며 말했다.

"더 이상 종언은 없어요. 우리에게…… 시간은 얼마든지 있습니다. 나는 사저의 전부를 알지 못합니다. 사저가 제 전부를 모르는 것처럼. 사저는 예전에, 사저와 만나지 않았던 때의 저를 알지 못하겠죠. 위지호연도 그럴 겁니다."

이성민은 백소고의 눈을 내려 보면서 어색한 미소를 지었다.

"그러니, 함께 알아가도록 하죠. 서두르지 말고…… 서로, 조금씩."

"……응."

백소고가 환히 웃으면서 대답했다.

"나는."

스칼렛은 지긋지긋하단 표정을 지으며 이성민과 백소고를 노려보았다.

"그냥 마법이랑 결혼하련다."

언젠가 마음이 바뀔지도 모르겠지만. 저 꼴을 보고 있자니, 독신 선언을 하지 않고서는 견딜 수가 없었다.

기억 속의 장소는, 예전에 보았던 모습과는 많이 변해 있었다. 그것은 어쩔 수 없는 일이었다.

제니엘라와 인외들이 숲을 습격하면서, 과거 이성민과 위지호연이 1년을 살았던 꽃밭은 폐허가 되었다. 후에 오슬라의 능력으로 다시 재건되기는 했지만, 아무래도 예전과 똑같지는 않았다.

그렇다고 해서 위지호연이 실망을 느낀 것은 아니었다. 10년은 짧은 시간이 아니다. 그만한 시간이 흘러 돌아온 장소다. 아무것도 변하지 않고 그대로 남았더라면, 오히려 실망했을 것이다.

"나는 거의 변하지 않았을지도 모르지만."

위지호연은 작은 목소리로 중얼거리며 꽃밭으로 들어갔다. 이름도 모르는, 여러 들꽃의 향기가 뒤섞여 자욱했다.

'꽃의 이름이라도 외워볼까.'

위지호연은 그런 생각을 하며 피식 웃었다. 좋아하는 꽃의 이름 정도는 알아두고 싶었다.

"앞으로 많이 변할 거야."

위지호연은 꽃밭 위를 노니는 나비를 보았다. 그녀는 10년 전을 떠올리며 꽃밭의 중심에 앉았다.

그 시절에, 그녀는 언제나 이곳에 있었다. 이성민이 사마련주에게 수행을 받을 때, 위지호연은 이곳에 앉아 명상했다. 후각이 꽃의 향기에 익숙해질 즈음에 위지호연의 의식은 깊고 깊은 곳으로 내려가, 아득하게 펼쳐진 의식의 세계에서 무(武)의 극한을 추구했다. 그리고, 해가 저물어 하늘이 노을빛으로 물들 즈음에.

"네가 돌아왔어."

위지호연은 감고 있던 눈을 뜨며 말했다.

꽃밭의 너머에 이성민이 서 있었다. 발간 노을을 등진 그를 보며 위지호연은 10년 전을 떠올렸다. 그녀는 환히 웃으며 몸을 일으켰다.

"변한 것 같으면서도, 결국은 같은 것 같아."

위지호연이 중얼거리는 말을 들으며, 이성민은 꽃밭으로 걸어 들어갔다.

위지호연은 움직이지 않고 서서 이성민이 가까이 오는 것을 기다렸다.

"이야기는 잘 끝냈어?"

"응."

"몇 번이고 말했지만, 나는 첫 번째를 양보할 생각은 없어."

"양보해 달라고 하지도 않아."

이성민은 쓰게 웃으며 대답했다. 그 말에 위지호연이 쿡쿡 웃는 소리를 냈다.

"나는 말이야."

위지호연이 손을 뻗었다. 그녀의 손이 이성민의 손을 잡았다. 위지호연의 뺨이 노을빛과 같은 색으로 물들었다.

"너와 하고 싶은 것이 너무 많아."

꾸욱.

위지호연의 손에 살짝 힘이 들어갔다.

"이 세상이 멸망하지 않은 것이 다행이야. 네가…… 죽지 않고, 내가 죽지 않아서 다행이야. 덕분에 우리는, 앞으로 살아갈 시간 동안 아주 많은 일을 할 수 있을 거야."

미련을 남기지 말고, 즐길 것을 모두 즐기며, 행복하게. 허주의 말을 떠올리며 이성민은 환히 웃었다.

"나도 마찬가지야."

여태까지. 계속, 무언가를 위해 살아왔다. 위지호연이라는 목적을 두었을 때도, 종언의 존재를 알았을 때도. 이성민이 속한 운명은 그에게 평온과 행복을 허락하지 않았다. 계속해서 싸워야 했고, 목숨을 위협받고, 누군가를 떠나보내고. 그 운명의 마지막은 결국 이성민의 죽음을 강요했다.

하지만 이제는 아니다. 운명은 사라졌다. 이 세상은 이제 그 어떤 운명에도 속해 있지 않다. 이성민도, 위지호연도, 세상도. 모두가 구원받았다.

"안아줘."

위지호연이 작은 목소리로 소곤거렸다. 살짝 시선을 아래로 내리며 요구하는 모습을 보며 이성민의 가슴이 살짝 떨렸다.

그는 양팔을 펼쳐 위지호연을 안아주었다. 위지호연은 얌전히 이성민의 품 안에 안겨 눈을 감고 웃었다.

오래전, 제나비스에서의 기억이 떠올랐다.

갑작스러운 소환이었다. 정신을 차리고 보니, 제나비스의 중앙 광장 분수대 앞에 서 있었다. 지금 이것이 꿈이 아닌지, 어떠한 술법에 현혹된 것이 아닌지 적잖게 당황하고 있던 중에 묘한 시선을 느꼈다. '나를 확실히 인지하고 쳐다보던 시선이었다.

'이봐. 왜 나를 보고 있었느냐?'

경계를 담아 그렇게 물었다. 상대는 또래의 어린아이였고, 대단한 실력을 가진 것도 아니었지만 방심할 수는 없었다.

'너. 이름이 뭐냐.'

'이성민.'

'나이는?'

'열넷.'

'나는 위지호연이다. 나이는 열셋이고.'

그렇게 서로의 이름과 나이를 알았다.

위지호연은 그때의 만남을 잊을 수가 없었다. 결국, 그것이 무조건적으로 일어났을 운명이라고 해도. 이성민이 의도적으로 우연한 만남을 가장한 것이라고 해도.

위지호연은…… 그 만남이 너무나도 소중했다.

"그때 너를 만나서 다행이야."

위지호연은 이성민의 가슴에 얼굴을 묻으며 소곤거렸다.

"나도…… 너를 만나서 다행이야."

이성민에게 있어서 이 삶의 시작은 위지호연이었다. 그녀와 만났기 때문에, 지금의 이성민이 있었다.

위지호연과 만나지 않았다면 어떻게 되었을까. 전생의 기억을 토대로 얻을 수 있는 것을 얻으려 하다가…… 잘 되었을까?

아마 잘되지 않았을 것이다. 명확한 목적도 없었다. 가진 재능도 부족했다. 전생의 기억을 가지고 있어도 그것을 제대로 활용할 역량이 못 되었다. 하지만 위지호연을 만났기 때문에.

"너와 만난 덕분에…… 지금의 내가 있어."

지금의 이성민이 위지호연을 만나 이렇게 변했고, 지금의 위지호연이 이성민민을 만나 이렇게 변했다.

서로가 그 사실을 느끼며 눈을 맞대었다.

'아.'

이성민은 가슴에 차오르는 행복감을 느끼며 위지호연의 몸을 강하게 안았다.

평생 행복해 본 적이 없다고 생각했는데, 아니었다. 여태까지 살았던 삶 중에도 드문드문 행복이 있었다.

그리고 앞으로도, 계속.

"계란으로 바위를 깨는 것에 성공했다고 자랑하러 온 거냐?"

"설마요. 그냥, 알려나 드리러 온 겁니다."

프라우는 여전한 모습이었다. 그녀는 어르무리의 유곽가, 청루의 최상층에 있는 자신의 방에서 반나신으로 누워 있었다.

그녀는 뚱한 눈으로 담뱃대를 들어 입가로 가져갔다. 깊게 들이마신 연기를 내뿜으며, 프라우는 머리를 가로저었다.

"진짜 해낼 줄은 몰랐어."

"저도 몰랐습니다."

"한 사람의 운명이 아니라, 세상 전체의 운명이…… 바뀔 수도 있는 법이구나."

프라우는 흩어지는 연기를 보며 멍한 목소리로 중얼거렸다.

잠시 그것을 바라보던 프라우가 큭큭 웃었다.

"설마. 그때 널 돕지 않았다는 것을 두고 쪼잔한 짓을 하러 온 것은 아니겠지?"

"말하지 않았습니까. 그냥 알려 드리러 온 것이라고. 그리고…… 결과적으로, 프라우 님의 말이 옳았습니다. 그때, 저와 얽혔던 사람들은 결국 모두…… 어느 정도 불행해졌거든요."

이성민은 쓰게 웃으며 말했다.

그 사실을 부정할 생각은 없었다. 제니엘라와의 싸움으로 모두가 사라지지 않는 상처를 입은 것은 사실이고, 창왕은 죽었다.

"프라우 님을 탓할 생각은 없습니다. 결국, 선택은 자기 자신이 하는 것이니까요."

"그래? 그렇다면 다행이네. 세상을 구한 영웅 나으리. 그 외에 이 겁쟁이 주술사에게 하고 싶은 말이 있으신가?"

"개인적인 부탁이나 드릴까 합니다."

말이 부탁이지. 프라우는 마음속으로 투덜거렸다. 웃으며 말하는 이성민의 눈은 거절을 용납하고 있지 않았다.

프라우는 지금 자신이 마주 보고 있는 것이 진짜 인간인지도 확신할 수가 없었다. 어르무리에서 지내며 많은 요괴를 보았지만, 이성민이 풍기는 기질은…… 그 어떤 요괴보다 흉포했다. 아니, 그것보다는. 프라우는 이성민을 보며 온갖 것이 뒤섞인 혼돈이 인두겁을 뒤집어쓴다면 저런 모습이 아닐까 생각했다.

"뭔데?"

"프라우 님은 대주술사죠."

"그렇지."

"남쪽의 대부족들과 상당히 밀접한 관계를 맺고 계실 겁니다."

"그럴 수밖에 없지."

"그들 중 적당한 곳을 골라, 토착 신앙을 하나 퍼뜨릴까 합니다."

"너…… 토착 신앙이 뭔지는 알고 말하는 거야? 짧게는 수백 년 동안 그 부족에 이어져 내려온 것이 그들의 토착 신앙이다. 그런데, 뭐? 토착 신앙을 퍼뜨려?"

"내가 보는 것은 지금이 아닌, 앞으로 수백 년 뒤입니다. 빠르면 수십 년도 괜찮고. 프라우 님이 도움을 주신다면, 제가 나서는 것보다 빠르게 토착 신앙을 만들 수 있을 겁니다."

"충고 하나 할까?"

프라우가 헛웃음을 흘리며 머리를 가로저었다.

"그런 것이라면 말이야. 네가 가서, 부족 몇 개를 몰살시키는 것이 더 빠르고 쉬울걸. 그런 압도적인 공포에서도 신앙은 탄생하는 법이거든."

"그렇게까지는 하고 싶지 않아요."

이성민은 웃으며 대답했다. 프라우의 말이 옳다는 것은 알지만, 당장 서두를 이유는 없었다.

"그럼, 부탁드리겠습니다."

"야, 야! 잠깐! 적어도 신의 이름은 말해주고 가야 할 것 아니야!"

프라우가 어이가 없다는 표정으로 고함을 질렀다. 아. 이성민은 머리를 돌렸다.

대답해 주려는 순간, 이성민은 자신이 가장 중요한 것을 모르고 있음을 깨달았다.

'투신전의 주인의 이름이 뭐지?'

이성민의 얼굴에 난감함이 어렸다.

그 순간이었다. 공간이 부르르 떨렸다. 프라우가 기겁하며 벌떡 몸을 일으켰다.

[투신전의 천마]

그것뿐이었다. 공간의 진동이 멈추었고 목소리는 더 이상 들리지 않았다. 프라우는 다리에 힘이 풀려 자리에 주저앉았다.

"바…… 바…… 방금, 뭐야?"

"……신입니다."

이성민은 꿀꺽 침을 삼키며 말했다.

🏰

허주의 이야기를 전해주었을 때, 야나는 이번에도 많이 울었다.

이성민은 흐느끼는 야나를 보며 씁쓸한 기분을 느꼈다. 그래도 이번에는 지난번처럼 막막하지는 않았다. 이성민은 허주를 닦달하여 야나에게 전할 말을 얻은 것을 다행으로 여겼다.

"……감사합니다."

비틀거리며 일어선 야나가 이성민을 향해 꾸벅 머리를 숙였다.

"그분의 말을 전해주셔서…… 정말…… 감사합니다."

"허주는 마지막까지 당신의 행복을 기원했습니다."

이성민은 손사래를 치며 대답했다.

"그러니…… 너무 슬퍼하지 마십시오."

"언젠가 다시 만날 수 있다면……."

야나는 홀린 것만 같은 눈으로 하늘을 보았다.

위지호연에게 주어진 강제적인 재능은 사라진 것처럼, 마령의 힘으로 구미호가 된 야나는 상당한 힘을 잃었다. 하지만 그렇다고 해서 야나가 하찮은 존재가 된 것은 아니었다. 그녀는 이미 마령의 도움 외에도 어르무리의 지배자로서 상당한 요력을 보유하고 있었다.

"……예. 알겠습니다. 저 역시, 그분과 같은 길을 걷도록 노력해야겠군요."

"아……. 그리고……."

결의를 다지는 야나를 보며, 이성민은 넌지시 말을 꺼냈다. 야나는 눈물로 얼룩진 눈가를 닦으며 이성민을 보았다.

"뭐 하실 말씀이라도……?"

"부탁을 하나 드리고 싶은데……."

머리를 갸웃거리는 야나를 보며 이성민은 쓰게 웃었다.

'요괴의 신앙도 신앙으로 사용될 수 있을까?'

그것이 조금 의문이기는 했지만, 부탁해서 나쁠 것은 없다고 생각했다.

⁂

"대부분의 마법사는 무신론자야."

이성민이 써 내려가는 책을 옆에서 눈이 빠져라 보고 있던 스칼렛이 내뱉었다.

요정의 숲 근처의 마탑. 그곳의 최상층에 스칼렛과 로이드, 이성민이 앉아 있었다.

이성민은 두 마법사가 보내는 부담스러운 시선을 견디면서 마법을 통해 책을 쓰고 있었다. 일일이 손으로 쓰는 것이 아니라 힘들지는 않지만, 솔직히 귀찮았다.

"바로 눈앞에 신이 나타난다고 해도, 무조건적인 신앙을 보내기보다는 저게 대체 뭐 하는 놈인지, 왜 저런 놈이 있는 것인지 탐구하려는 것이 마법사라고. 그런데, 대뜸 신을 믿으라고 하면 누가 믿겠어?"

"스칼렛의 말이 맞네."

로이드는 콧잔등에 걸친 안경을 손으로 올렸다.

대화를 해나가면서도, 둘은 이성민이 쓰고 있는 마법에 대한 지식을 이해하기 위해 애쓰고 있었다.

"현실감도 그다지 없고. 신이라고는 해도, 사정을 모르는 이들에게 있어서는 조금도 와닿지 않는 이야기야. 어차피 서두를 것은 없지 않은가?"

"그렇지요."

이성민도 지금 당장 확실한 종교를 만들 생각은 없었다.

그가 노리는 것은 민간 신앙이었다. 한순간 확 뜨고 사라지는 사이비 종교가 아니라, 앞으로 오랫동안 이 세상에 존재하는 신앙. 당장 명확한 형태를 갖추지 않아도, 긴 세월 이어진 민간 신앙은 언젠가 거대한 종교가 될 것이다.

"지금은 신화를 만들어가는 단계죠."

"신화는 이미 하나 있잖나. 세상의 멸망을 막았는데."

"모두가 아는 것도 아니잖습니까. 굳이 떠벌리고 싶지도 않아요."

"패닉 때문에?"

"그것도 있죠. 공표해 봤자 사람들은 헛소리라고 생각할 겁니다."

"그것이 걱정이라면 방법은 얼마든지 있지."

스칼렛이 이죽거렸다.

구체적인 말은 하지 않았지만, 이성민도 스칼렛이 어떤 방법을 말하려는 것인지는 잘 알고 있었다. 이미 프라우에게 조언을 듣지 않았는가. 압도적인 공포에서도 신앙은 탄생하는 법이다.

"서두를 이유가 없잖아요."

"괜스레 일을 키우고 싶지 않다는 것인지? 잘 알았어. 좀 평화롭게 살고 싶다는 거잖아."

스칼렛이 킬킬 웃으며 말했다. 그 말에 이성민은 빙그레 웃기만 했다.

굳이 긍정할 필요는 없었다. 이성민이 어떤 삶을 바라고 있는지는 그녀도 잘 알고 있다. 압도적인 공포를 전하기 위해서는 그만한 행동을 해야 한다. 이성민이 가진 힘이라면 막상 저지르는 것은 쉬울 것이다. 하지만 그 뒤가 귀찮다.

"솔직히 봐도 이해를 잘 못 하겠어."

이성민이 써 내려간 글들을 쭉 읽던 스칼렛이 한숨을 푹 내쉬며 말했다.

"대부분이 용언에 기반해 있는 것이니 어쩔 수 없지. 인간인 우리는 용언을 다룰 수가 없어."

"용언을 술식으로 대체하는 것부터 시작해야겠네요. 마법이랑 결혼할 생각이었는데, 아주 잘 됐어요. 평생 머리를 부여잡아도 끝이 보이지 않을 주제가 손에 들어왔으니."

스칼렛은 그렇게 말하며 이성민을 흘겨보았다. 그 노골적인 시선에 이성민은 낮게 헛기침을 했다.

"굳이 마법과 결혼할 필요는 없잖습니까?"

"으웅? 뭐어라고?"

".......아닙니다."

스칼렛의 눈에 불이 켜졌다. 이성민은 슬며시 시선을 피했다. 그들의 곁에서 로이드의 얼굴은 죽상이 되어 있었다.

이성민은 말을 돌릴 수 있는 기회다 싶어서 로이드에게 말을 걸었다.

"로이드 님은 어떻게 되셨습니까?"

".......응?"

"최근에 선 보지 않으셨습니까?"

"푸하하!"

로이드의 얼굴은 더욱 썩어 들어갔고, 스칼렛이 배를 잡고 웃었다.

"말도 마. 이 아저씨, 선 자리에 누가 나왔는지 알아?"

"누굽니까?"

"원로원의 늙다리 중 하나야."

"나이야 크게 문제는 없지 않습니까? 로이드 님 나이도 있는데……."

"얘가 뭘 모르네. 물론, 저 나이 먹고 짝 없는 마법사는 많지. 문제는 그 마법사가 원로원의 늙다리라는 거야."

"원로원이 대체 왜……."

이성민은 마법사 길드의 원로원이 정확히 어떤 곳인지는 모른다. 부패할 대로 부패한 집단이라는 것만 대충 알고 있을 뿐이었다.

스칼렛이 짓궂은 미소를 지으며 설명하려 하자, 로이드가 급히 끼어들었다.

"이미 끝난 일일세."

"로이드님은 욕심이나 좀 버려요. 그 나잇대의 마법사 중에서 순수한 마법사가 몇이나 될 것 같아요? 괜히 마법사랑 사귀려 하지 말고, 어느 도시의 평범한 여자나 찾아 구애하라고요."

로이드는 뭐라 반박해 주고 싶었지만 할 말이 없어서 입을 다물었다.

로이드가 괜한 로망을 갖게 된 것은 흑룡협과 테레사 때문이었다. 나이도, 종족도 초월한 사랑. 로이드가 보기에는 그만큼 아름다운 것이 없었다.

"아니면 루비아는 어때요?"

"제가 싫어요."

찻잔을 정리하던 루비아가 질색하며 대답했다. 혹시나 싶었던 로이드의 어깨가 축 늘어졌다.

예화는 잘 지내고 있었다.

"딸이 예쁘군요."

이성민이 건네는 말에 예화는 살며시 웃었다. 한때 사마련주의 친위대이자, 친위대 중 유일하게 사마련주의 죽음을 보았던 예화는 10년의 세월이 지나 한 아이의 어머니가 되어 있었다.

예화가 잘 지내고 있다는 것은 지난번 혈맹을 정리하기 위해 헤도르에 왔을 때 알았었다. 하지만 예화가 결혼했고, 자식까지 낳았을 줄은 몰랐다.

"련주 님의 말을 전해주셔서 감사합니다."

예화가 꾸벅 머리를 숙였다.

이성민은 자신의 품 안에서 옹알이를 하는 아이를 내려 보았다. 생각해 보면, 갓난아기를 품에 안는 것은 처음이었다.

이성민은 조심스레 아이의 뺨을 어루만졌다. 부드럽고 말랑말랑한 것이, 만지면 만질수록 더 만지고 싶다는 기분이 들었다.

"아닙니다. 잘 지내고 계셔서 다행입니다."

"공자님 덕분입니다."

혈맹이 무너지고 나서, 헤도르는 분란 없는 평화로운 도시가 되었다. 본래 사파의 본거지였던 덕에 길거리에 파락호들이 많았지만, 이성민이 찾아와 혈맹을 무너뜨린 이후로는 질 나쁜 사파 모두가 헤도르에서 철수했다. 괜히 분란을 일으켰다가는 혈맹처럼 화를 당할지도 모른다는 공포 때문이었다.

"저어……."

예화가 조심스레 말을 꺼냈다. 그녀는 혹 자신이 하는 말이 이성민에게 누가 될까 걱정하는 얼굴이었다.

그런 예화의 감정을 읽은 이성민은 빙그레 웃었다. 예화와는 인연이 있다. 그 외에도, 예화는 사실상 사마련주의 양녀라 해도 좋을 인물이었다.

"제 도움이 필요하신 것이라면 언제고 말씀해 주십시오."

"아…… 네, 감사합니다. 그게…… 혹시 괜찮으시다면, 공자님이 그 아이의 대부가 되어주실 수 있는지요?"

의외의 부탁이었다. 이성민은 놀란 표정을 지으며 예화의 얼굴과 자신의 품에 안긴 아기의 얼굴을 번갈아 보았다.

의외긴 하지만 거절할 이유는 없었다. 이성민은 빙그레 웃으며 머리를 끄덕거렸다.

"물론입니다."

"감사합니다."

"아뇨, 오히려 제가 감사하지요. 제게 이런 부탁을 해주셔서 감사합니다. 그런데…… 이 아이의 이름이 뭡니까?"

품에 안고 있었지만, 아직 아이의 이름도 모른다.

이성민의 질문에, 예화가 환히 웃으며 대답했다.

"장일천이라고 합니다."

그 대답에 이성민의 표정이 그대로 굳었다.

예화의 남편은 만나본 적이 없지만, 아이의 성씨가 장인 것을 보니 장씨 성의 남자인 모양이었다. 그런데 이름이 일천?

"……여자아이 아닙니까?"

"예."

"일천이라는 이름은……."

"련주 님의 이름에서 따왔습니다."

여자아이의 이름이 장일천이라…… 중성적이라고 할 수도 없는 이름 아닌가. 아니, 그보다. 이성민의 얼굴이 굳은 이유는 따로 있었다.

'뺏겼다.'

"공자님은 아직 혼인하지 않으셨지요?"

"아, 예."

"상대는 있으십니까?"

"예……."

이성민의 대답에 예화의 눈이 빛났다. 그녀는 기대 어린 눈빛을 보내며 물었다.

"아직 자식은 낳지 않으신 겁니까?"

"예……."

이성민은 시무룩한 기색을 감추며 대답했다. 언젠가 자식을 낳을 때를 대비해서, 두 개의 이름을 생각해 두었다.

이일천. 이허주.

그중 일천이라는 이름을 빼앗겨 버렸다.

가주의 방으로 들어왔을 때, 남궁희원은 낯선 존재를 뒤늦게 알아차렸다.

그는 급히 허리를 더듬어 칼자루를 쥐었다. 동작은 빨랐지만, 남궁희원은 자신의 행동이 이미 늦었다는 것을 알았다.

문 너머에서도 방 안의 존재를 느낄 수가 없었다. 남궁희원은 굳은 표정을 지으며 어둠 속을 노려보았다.

"인사나 하러 온 겁니다."

어둠 속에서 목소리가 흘러나왔다. 기억에 있는 목소리였다.

남궁희원은 놀란 표정을 지으며 칼자루를 쥐고 있던 손을 아래로 내렸다.

　"……귀창?"

　그 말에 이성민은 빙그레 웃었다.

　어둠 속에서 걸어 나오는 이성민을 보며 남궁희원은 헛웃음을 흘렸다.

　"……아니, 귀창이라고 부를 수도 없군. 칭하는 별호가 너무 많아져서."

　"흑천제일마라고는 부르지 마십시오."

　"그것도 예전 별호지. 최근 자네를 칭하는 별호 중 가장 많은 것은 마왕이야. 알고 있나?"

　그 말에 이성민은 쓰게 웃었다.

　성벽 근처에서 무신과 월후를 압도하고, 무신이 떠든 말 덕분에 많은 이들이 이성민을 마왕이라 부르고 있었다.

　"사정도 모르는 이들이 떠드는 잡소리일 뿐입니다."

　"그건 나도 아네. 내가 아는 자네는 마왕에 어울리지 않는 사람이니. ……하지만, 지금 보니 그것도 잘 모르겠군. 작금의 세상에 자네만큼 마왕이라는 별호에 어울리는 사람이 있을까……."

　"제 인성이 그렇게 나쁩니까?"

　"인성 문제가 아니지."

　남궁희원이 딱딱하게 군은 얼굴로 대답했다.

그는 이성민이 적의를 품지 않고 있다는 것을 잘 알았다. 그렇다고 해서 긴장이 풀리지는 않았다.

초월지경인 남궁회원은 이성민의 경지를 겉핥기로나마 엿볼 수 있었다. 이 세상에 저만한 힘을 가진 존재를 마왕이라 부르지 않는다면 대체 무엇을 마왕이라 부를 수 있단 말인가?

"……무슨 일로 이곳까지 왔는가?"

"말하지 않았습니까. 인사차 왔다고. 가주가 되었다는 소식은 들었습니다. 축하를 전하기에는 너무 늦은 겁니까?"

"아니, 아닐세. 많이…… 당황했을 뿐이야."

남궁회원이 헛기침을 하며 말했다.

이성민은 예전 기억을 떠올렸다. 소림으로 가는 길에 만났던 남궁회원은 자신감이 가득한 청년이었다. 형님이라 부르며 으스대던 남궁회원과 지금의 남궁회원 사이의 괴리감이 컸다.

'내가 너무 변한 것이겠지.'

이성민은 쓴웃음을 지었다.

잠깐 주저하던 남궁회원이 물었다.

"차라도 한잔하겠나? 아니면 술?"

"아뇨, 괜찮습니다. 잠깐 들른 것뿐이라."

"……자네에게 묻고 싶은 이야기가 많았는데."

"어떤 것입니까?"

"흑룡협이 자네와 함께 있지 않았나."

그 말에 이성민은 남궁회원의 얼굴을 물끄러미 보았다. 남궁회원이 묻고자 하는 것이 무엇인지 안다. 그는 오랜 악연에 대해 묻고 있었다.

"당신은 나를 믿습니까?"

이성민은 그렇게 질문했다.

모용서진과 제갈태령을 죽게 한 것은 무림맹의 무사였고, 그들에게 지시를 내린 것은 흑룡협이었다.

남궁회원은 이성민의 질문에 잠깐 침묵했다.

"자네가 거짓말을 하지 않는다면."

"모용서진의 원수는 이미 죽었습니다."

"흑룡협이 죽었다는 말인가?"

"아니요, 흑룡협은 살아 있습니다. 하지만 그 역시 이용당했을 뿐이고…… 죗값은 치렀습니다."

"내가 그에게 죄를 묻지 않았는데?"

남궁회원이 날카로운 목소리로 내뱉었다. 그 말에 이성민은 한숨을 내쉬었다.

"어떻게 물을 겁니까?"

"……뭐……?"

"나는 거짓말을 하지 않았습니다. 믿고 말고는 당신의 몫이었고. 만약 당신이 여전히 복수에 대한 미련을 버리지 않고, 그를 벌하려 한다면…… 당신은 죽을 겁니다."

이성민은 무덤덤한 목소리로 그렇게 말해주었다.

사실이었다. 궁회원이 초월지경의 고수라고 해도 10년 전의 흑룡협보다 못하다. 지금의 흑룡협에게 싸움을 건다면, 남궁 회원은 죽는다.

"직접 보십시오."

이성민은 남궁회원을 보며 관자놀이에 손가락을 가져갔다. 이성민이 가지고 있는 기억의 일부가 빠져나왔다.

남궁회원은 다가오는 기억을 보며 입술을 꾹 다물었다. 천 외천이라는 단체와, 무신과, 영매와, 신령의 존재. 그 모든 것이 그것에 담겨 있었다.

남궁회원은 머뭇거리며 이성민의 기억을 받아들였다. 빛이 사라지고, 남궁회원은 멍하니 서 있었다.

"……하하하……."

남궁회원이 허무한 웃음을 흘렸다.

"이걸…… 믿으라는 건가?"

"내가 거짓말을 할 이유가 있습니까?"

이성민의 질문에 남궁회원은 더 이상 웃지 못했다.

그는 모든 것을 알았다. 이성민은 거짓말을 하지 않았다. 흑 룡협을 움직이고 있었던 것은 영매, 신령이었다. 천외천의 수 장이었던 무신은 죽었고, 영매 역시 육체를 잃고 혼만 남아 이 성민이 만든 지옥에서 비명을 지르고 있었다.

"……하하……."

남궁희원이 천장을 올려다보며 헛웃음을 흘렸다.

"……그녀의 혼을 구원해 주어…… 고맙네……."

남궁희원은 두 눈을 감으며 중얼거렸다.

이성민은 도서관에 가두어졌던 모든 혼을 해방시켰다. 그 속에는 모용서진의 혼도 있었다.

남궁희원은 더 이상 아무런 말도 하지 않았다. 더 이상 그에게 복수에 대한 생각은 없었다.

이성민은 그런 남궁희원을 씁쓸한 눈으로 보다가 몸을 돌렸다.

"……투신전……."

등을 돌린 이성민을 향해 남궁희원이 중얼거렸다.

"……나도 갈 수 있을까……."

복수를 떠나 무인으로서의 열망을 가진 것일까.

이성민은 굳었던 표정을 풀어 남궁희원을 돌아보았다.

"자격이 있다면 누구나 갈 수 있습니다."

그 말에 남궁희원은 일그러진 미소를 지었다.

여태까지 복수를 위해 살았고, 인제 와서는 목적을 잃었다. 그에게는 새로운 목적이 필요했다.

"고맙네."

남궁희원이 깊이 머리를 숙였다.

"정말…… 고마워……."

그 감사를 들으며, 이성민은 남궁회원의 방에서 사라졌다.

"이성민 님."

예전의 기억을 좇아 산길을 걷던 중. 이성민은 반가운 얼굴과 재회했다.

이성민은 멀지 않은 곳에 서 있는 지학을 보았다. 그는 여전히 민 머리였고, 두 눈은 예전에 보았을 때보다 더 깊고 맑았다.

"오랜만입니다."

이성민이 그렇게 말하자, 지학은 포권을 취하며 꾸벅 머리를 숙였다. 지학에게는 조금의 긴장이나 적의가 느껴지지 않았다.

이성민은 지학에게서 느껴지는 맑은 기운에 내심 감탄을 흘렸다. 지학이 초월지경에 들었다는 것은 알았지만, 그의 실력은 이성민이 생각했던 것보다 더욱 높았다.

"제가 올 것을 알고 계셨습니까?"

"선사께서 손님이 올 것이라 하셨습니다."

불영대사에게 얘기를 전한 적은 없다. 이성민은 작은 호기심을 느끼며 지학을 바라보았다.

그 시선에 지학이 쿡쿡 웃었다.

"선사께서는 여전히 정정하십니다."

"다행이로군요. 지학 님도…… 잘 지내시는 것 같아 다행입니다. 솔직히 조금 놀랐어요."

"저를 부끄럽게 하지 말아주시지요."

지학이 난처한 웃음을 지었다.

"이성민 님이야말로 대단하십니다. 저는 이성민 님의 무위가 대체 어느 정도인지 가늠조차 할 수 없습니다."

"많은 일이 있었으니까요."

이성민과 지학은 그런 이야기를 나누며 불영대사가 거하는 석굴로 올라갔다.

그곳에 도착하자, 지학은 합장을 하면서 머리를 꾸벅 숙였다.

"그럼, 저는 물러가도록 하겠습니다."

"예."

"나중에 기회가 된다면…… 다시 소림을 들러주십시오."

"비무 때문입니까?"

이성민은 빙그레 웃으며 물었다. 그 질문에 지학이 하하 웃었다.

"비무라니요. 그저, 몇 수 가르침을 받고 싶을 뿐입니다."

"알겠습니다."

지학이 웃으며 물러났다.

이성민은 석굴의 새카만 입구 앞에 섰다. 멀리 보이는 소림에서 향냄새가 올라왔다. 수십 년 만에 오는 곳이다.

나이가 나이다 보니, 그만한 세월이 흘렀으면 충분히 천수를 누려 죽었을지도 모르는 일이나. 소림의 불영 대사가 죽었다는 소문은 어디에도 없었다.

"생불(生佛)이라도 되실 생각입니까?"

이성민은 석굴 안쪽을 들여다보며 물었다. 그 말에 안쪽에서 웃음소리가 흘러나왔다. 늙은 목소리였지만 더없이 맑았다.

이성민은 그 소리를 들으며 피식 웃었다.

"이쯤이나 살았으면 생불이라기보다는 요괴라 해야 옳지 않겠느냐?"

"내가 아는 요괴는 선사와는 다릅니다."

"말이 그렇다는 것이지, 이놈아. 농담이나 던지러 왔느냐?"

"잘 지내고 계시나 인사나 하러 왔습니다."

"맨손으로?"

그 말에 이성민은 피식 웃었다.

"시주는 선사께 하는 것이 아니라 소림에 해야지요."

"끌끌! 되었다, 네가 한 푼 더하지 않아도 돈 궁할 일 없는 놈들이다. 그러니 이 늙은이에게도 매 끼니 밥을 주는 것이지."

이성민은 정정한 불영대사의 목소리를 들으며 빙그레 웃었다.

소림을 떠난 후, 단 한 번도 소림에 오지 않았다. 하지만 소림은 이성민에게 있어서 여러 의미를 지닌 곳이었다. 이곳에서 들었던 매미의 울음소리는 아직도 생생히 떠올릴 수 있다. 안타깝게도 지금은 매미 울음소리가 들리지 않았지만.

"많은 일을 하였더구나."

"알고 계셨습니까."

"이 시커먼 곳에서 벽을 들여 본 것이 수십 년이다. 깨달음은 얻지 못했지만 잡스러운 재주 몇 가지는 얻었지. 최근 하늘이 완전히 바뀌었더구나. 이전의 밤하늘을 채웠던 것은 아무래도 별이 아니었던 모양이야."

"지금의 하늘이 싫으십니까?"

"진짜 별은 참 아름답더구나. 오래 산 보람이 있었어.

불영대사는 그렇게 말하며 웃었다.

"간간이 들려오던 신령의 목소리는 어느 순간부터 들리지 않았다. 뭐, 그것이 아쉽지는 않다."

불영대사에게 말을 전했던 것은 신령이 아닌 마령이었다. 이성민은 그 사실을 굳이 불영대사에게 알려주지 않았다.

석굴 속에서 불영대사의 웃음소리가 메아리쳤다.

"세간에 너에 대한 소문이 시끄럽더구나."

"소문을 믿으십니까?"

"끌끌. 네가 마왕이라는 웃기지도 않던 소문 말이냐? 글쎄다. 당장은 믿지 않지만, 네가 앞으로 무엇을 하느냐에 따라 믿을 수밖에 없게 될지도 모르지."

이성민은 불영대사의 말이 무엇을 의미하는 것인지 잘 알았다.

"네가 마왕이 되고자 한다면, 이 세상에서 대체 누가 너를 막을 수 있겠느냐?"

"그럴 생각은 없습니다."

"그렇다면 너는 또 세상을 구한 것이로구나. 멍청이들은 알지 못하겠지만 말이다."

불영대사는 거기까지 말하고서 잠시 말을 멈추었다.

조금 뒤에, 불영대사가 물었다.

"아직도 매미가 되고 싶으냐."

"이곳에 있었을 적에도 매미가 되고 싶다는 생각은 안 했습니다."

"그렇다면 무엇이 되고 싶으냐. 마왕도, 매미가 아니라면. 저 높은 곳을 나는 봉황이나 용이 되고 싶으냐?"

"날아서 뭐합니까. 그냥 땅 걷는 인간이면 족합니다."

이성민의 대답에 불영대사가 다시 웃는 소리를 냈다.

"많이 변했구나."

"많은 일이 있었으니까요."

"지학을 어떻게 보느냐."

"훌륭하다고 생각했습니다. 무당의 청명도 예전에 보았지만, 지학 님은 그보다 높은 곳에 있더군요. 이미 지금 수준으로도 정파제일인이라 불리기에 충분할 겁니다."

"천하제일은 못되겠구나."

"그것을 논하기에는 넘어서야 할 산이 많습니다."

"늙은이의 부탁을 하나 들어주겠느냐?"

"제가 들어줄 수 있는 것이라면."

불영대사가 잠깐 숨을 내뱉었다.

"마왕이 되지 말거라."

"예."

"그리고, 가능하다면 지학의 목표가 되어다오. 소림은 더 이상 저 녀석에게 가르칠 것이 없다."

"간간이 찾아오도록 하겠습니다."

"그래."

잠시 뒤에.

"고맙구나."

이성민은 빙그레 웃었다. 그는 석굴을 향해 꾸벅 머리를 숙였다.

그는 천천히 몸을 돌렸다. 그러다가 멈칫하고서 먼 하늘을 보았다. 멀리서 매미 우는 소리를 들은 것만 같았다.

"마왕이라니."

거창하기 짝이 없는 별호라는 생각이 들었다. 하지만 써먹기는 좋을 것 같았다. 취걸은 하나밖에 없는 손으로 턱을 어루만지며 골몰히 생각에 잠겼다.

그보다 조금 아래에 모여 있던 개방 장로 중 하나가 입을 열었다.

"그때, 귀창…… 아니, 마왕과 싸운 이들이 나눈 대화가 사실인지는 모를 일입니다만."

"종언이 어쩌고 하던 것? 장로는 그런 헛소리를 믿는 건가?"

"믿는 것은 아닙니다. 세상이 하루아침에 멸망한다니, 그게 가당키나 한 소리입니까?"

취걸의 질문에 장로가 헛웃음을 흘리며 대답했다.

"그때 성벽에 모인 사람 중, 종언을 믿는 사람은 거의 없습니다. 생각 없는 겁쟁이들이나 덜덜 떨고 있을 뿐입죠."

"하지만, 그것과는 별개로. 마왕을 내버려 둘 수는 없습니다. 그가 보여준 힘은 너무 위험합니다."

"정파와 무림맹의 체면도 있습니다."

장로들이 떠들었다. 취걸은 잠자코 그들의 이야기를 들었다. 체면, 체면이라. 이해하지 못할 것도 아니다.

마왕 이성민은 몇 달 전, 무림맹이 있는 도시 크론으로 쳐들어와 무림맹에게 큰 망신을 주었다. 그 일은 이미 에리아 전역으로 소문이 나, 정파와 무림맹의 위신은 크게 떨어졌다.

특히나 난감해진 것은 개방 거지들이었다. 현 무림 맹주가 전대 개방 방주인 무걸개이기도 했고, 개방의 본방은 이곳 크론이다. 어린 거지들에게서 동냥질이 시원찮다는 보고는 끊임없이 올라오고 있다.

"여론을 만들지."

취걸은 장로들이 무엇을 원하는지 알았다. 그리고 이런 일이야말로 개방의 전문이기도 했다.

개방의 거지들은 에리아 전역에 퍼져 있다. 그들이 마음먹고 소문을 만들기 시작하면, 거짓도 진실이 된다. 게다가 이번 일은 딱히 거짓이라고 할 것도 없었다. 이성민이 10년 전에 김종현과 데스 나이트의 군주를 쓰러뜨린 것은 사실이지만, 그이후에 그가 보인 행보는 세인들이 바라는 영웅과는 거리가 멀었다.

"작은 소문부터 시작해서 크게 부풀리면 됩니다. 어쩌면 마왕 이성민이 정말로 세상을 멸망시킬지도 모른다는, 그런 소문 말입니다."

"그가 얌전히 있어줄까요?"

장로 중 하나가 불안한 의견을 냈다. 모두의 시선이 그에게 향했다.

"마왕이 보인 무위는 인간이라 생각할 수 없을 정도였습니다. 만약…… 그가 정말로 마왕다운 행동에 나선다면. 도대체 누가 그를 막을 수 있겠습니까?"

"결국은 인간일 뿐이다. 또, 초야에 묻힌 고수 중에서…… 어쩌면 마왕에 준하는 힘을 가진 고수가 있을지 어떻게 아나?"

"여론이 형성되면 토벌대가 조직되겠지."

"어마어마한 희생이 날 거요."

"그렇다면 그가 정말 마왕이라는 것이 증명되는 것 아니겠나?"

"중요한 것은 마왕을 공적(公敵)으로 만드는 것이야. 그 과정에서 구겨진 체면도 조금 세울 수 있을 것이고."

장로들이 떠들었다. 취걸은 심드렁한 얼굴로 그들의 이야기를 들었다.

그는 잠시 백소고를 생각했다. 지금 그녀는 아직도 이성민과 있을까? 알아보고 싶어도 정보가 너무 부족했다. 세상 널린 것이 거지인데, 만족스러운 정보가 들어오지 않았다.

"너무 과격한 여론을 만들 필요는 없다고 생각하네."

취걸이 입을 열었다.

"작은 의구심 정도면 충분하겠지. 마왕은 정말 마왕인가? 세상은 정말로 멸망하는 것인가? 그 정도만 던져두면 소문은 세상이 바라는 대로 흘러갈 거요."

"방주, 재고해 주십시오. 적어도 전대 방주…… 맹주님께 상의라도……."

"현 방주는 나요. 흑개 장로, 무엇을 두려워하는 거요?"

"얌전한 괴물을 괜히 건드리는 것이 아닐까 두렵습니다."

"괴물이 얌전하다고 해서 괴물이 아닌 것은 아니오. 풀어놓는 것보다는 확실히 눈에 보이는 곳에 두는 편이 나아. 어쩌면 이 일로 괴물에게 족쇄를 채울 수 있을지도 모르지."

취걸은 무림맹 앞에서 보이던 이성민의 태도를 기억했다. 소문 정도로 그가 날뛸 것이라는 생각은 하지 않았다.

"여론을 만드는 것은 민심을 무림맹에게 되돌리기 위함이오. 마왕에 대한 안 좋은 소문이 퍼진다면, 대중이 알아서 우리의 눈과 귀가 되어주겠지. 그리고……."

그리고…… 취걸의 말은 끝까지 이어지지 못했다.

좌중의 모두가 목소리를 내지 못했다. 그들은 모두 끔찍한 공포감을 느끼며 식은땀을 줄줄 흘렸다. 호흡이 제대로 되지 않았다. 그렇다고 거친 숨소리도 마음대로 낼 수가 없었다. 이곳 모두가 산전수전 다 겪은 이들이었지만, 지금과 같은 기분은 처음이었다.

공포로 그들을 침묵시킨 이성민은 조용히 어둠 속에서 걸어 나왔다.

취걸은 식은땀을 줄줄 흘리며 이성민을 보았다.

'대체 언제?'

머릿속에 그런 의문이 떠돌았다. 이곳은 크론 깊은 곳에 숨겨진 장소다. 대체 누가 이 장소에 대해 불었단 말인가?

"회의 중인 것 같아 얌전히 들어주려 했는데."

이 장소로 오는 것은 어렵지 않았다. 굳이 거지 하나를 붙잡고 본거지를 말하라 심문할 필요도 없었다. 이성민은 취걸과 만난 적이 있었고, 그의 기운을 기억하고 있었다. 그를 쫓아 왔을 뿐이다.

"더 들을 필요가 없는 것 같아서."

이성민은 뚜벅뚜벅 걸었다.

취걸은 덜덜 떨면서 다가오는 이성민을 보았다. 모든 장로가 간신히 눈알만 들어서 이성민을 보았다.

"마왕이라 불린다고 해서 마왕인 것은 아니지."

이성민은 그렇게 중얼거리며 손을 들었다. 길게 뻗은 검지가 취걸에게 향했다.

그를 보는 취걸의 눈동자가 크게 흔들렸다. 그는 어떻게든 목소리를 내려 했지만, 벌어진 입술은 떨리기만 할 뿐 소리를 내지 못했다.

"하지만 본보기는 있어야 할 것 같아."

제발 협상, 아니, 변명이라도. 취걸의 사타구니가 축축하게 젖었다.

하지만 취걸의 간절한 마음과는 다르게 이성민의 두 눈은 무심했다. 그는 굳이 취걸의 변명이나 사과를 들을 생각이 없었다. 그에게는 별 감정이 없기는 했지만, 그렇다고 호감이 있는 것도 아니었다. 그를 대신할 존재는 얼마든지 있었다.

퍼억.

작은 소리와 함께 취걸의 몸이 뒤로 넘어갔다. 그 순간에 좌중을 위압하고 있던 이성민의 기세가 사라졌다.

장로들이 막힌 숨을 토해내면서 목을 부여잡았다. 몇몇 이들은 내상을 입어 검은 피를 토해내기도 했다. 그들은 뭐라 말도 하지 못하고 겁에 질려 이성민을 보았다. 바로 조금 전에 방주가 죽었지만, 장로들에게 그런 생각을 할 겨를은 없었다.

"혹개라고 했나?"

"예, 예……!"

유일하게 반론을 제기했던 장로가 겁에 질려 대답했다. 이성민은 턱짓으로 취걸의 시체를 가리키며 말했다.

"앞으로는 당신이 개방 방주야."

"그…… 그게 무슨…….'

"고맙다는 말은 안 해도 돼."

그 말에 혹개의 얼굴이 울기 직전으로 변했다.

"누구나 알기 쉬운 본보기를 보였으니, 앞으로 수작질 부릴 생각은 하지 마."

이성민은 그렇게 말하면서 모든 장로를 둘러보았다.

사실 이런 일을 하기 위해 온 것은 아니었다. 개방에게 개인적인 부탁을 하기 위해 온 것이었는데, 하필 재수 없게 저런 이야기를 떠드는 것을 들어버렸다.

"자, 회의를 계속하지."

이성민은 취걸의 시체 곁에 털썩 앉았다.

"여론…… 여론이라. 그래, 그것도 생각해야겠어. 마왕 취급 당하기는 싫거든."

"예……."

중구난방의 목소리를 들으며 이성민은 쯧 하고 혀를 찼다.

"사실, 그것 말고…… 따로 부탁하고 싶은 것이 있었는데. 꼴을 보니까, 부탁보다는 협박이 더 잘 먹힐 것 같아."

취걸은 죽었지만, 각지의 거지들을 통해 소문을 만든다는 것은 마음에 들었다. 이성민이 개방에 부탁하고자 했던 일도 그런 일이었다.

"무…… 무엇을 바라십니까?"

새로이 방주가 된 흑개가 땀을 줄줄 흘리며 물었다.

이성민은 어떤 소문으로 시작해야 투신전을 하나의 민간 신앙으로 만들 수 있을지 고민했다.

에레브리사와의 중개인은 더 이상 불러들일 수가 없었다.

종언이 끝나고 세상의 운명이 바뀌면서, 영체로 변했던 드래곤들은 다시 육체를 되찾았다.

애초에 에레브리사의 존재 목적은, 운명의 변수라고 할 만한 이들을 후원하여 세상의 운명을 바꾸는 것에 있었다. 목적이 이루어졌으니 더 이상 에레브리사가 존재할 이유는 없었다.

'고맙다는 말도 안 하다니.'

이성민은 호메루소스를 떠올리며 혀를 찼다.

그렇지만 괘씸하다는 생각은 크게 들지 않았다. 그들로서도 갑작스러운 변화에 대응해야 했을 것이다. 어쩌면 인사를 전할 겨를도 없이 에레브리사가 붕괴했을 수도 있다.

'그래도, 조금 정이 들었는데.'

단말에 지나지 않던 네블을 떠올리며 씁쓸한 기분이 되었다.

에레브리사가 없어졌다고는 하지만, 이성민에게 큰 곤란함은 없었다. 더 이상 이성민은 에레브리사에게서 얻을 것이 없었다. 편리했던 것은 사실이지만 지금 와서 에레브리사가 없다고 곤란함을 느끼는 것도 아니다.

부탁 하나를 하기 위해 갔다가 개방을 통째로 손에 넣었다. 그곳에 있던 장로와 새로운 방주에게 경고도 단단히 했고, 혹시 몰라 머리에 단말까지 심었다.

'셀게루스 님에게도 인사해야 하는데.'

솔직히 미안해서 아직 찾아가지 못했다. 그토록 공들여 만들어준 창을 또 부숴먹었으니 입이 열 개라도 할 말이 없었다.

그래도, 나중에라도 찾아가 볼 생각이다. 물론 빈손으로 갈 생각은 없었다.

'비늘은 없고…… 화로라도 하나 만들어줄까.'

깔깔 웃는 요정들의 웃음소리가 시끄러웠다. 오슬라가 여왕이라는 체면도 잊고서, 숲 밖에 나가 어린 요정들과 노는 소리였다.

이성민은 요정들을 보며 빙그레 웃었다.

숲길을 걸었다. 멀리서 흑룡협의 존재가 느껴졌다.

테레사가 교회로 돌아가고서, 흑룡협은 멈추었던 무공 수련에 박차를 가하고 있었다. 창왕의 말이 자극된 덕분이다.

그런 주제에 밤이 되면 몰래 테레사를 만나러 간다. 덕분에 요정마는 밀회를 즐기는 흑룡협에게 귀속되어 있었다.

호수를 지났다. 이성민은 사마련주와 창왕의 무덤을 힐긋 보았다. 둘은 과연 어디까지 갔을까. 내가 투신전의 외길을 걸을 즈음에, 그들은 과연 얼마나 먼 곳에 있을까.

아니. 지금은 그런 생각을 하지 말자. 당장 조급해할 이유는 없으니까.

넓게 펼쳐진 꽃밭에, 집 한 채가 세워져 있었다.

오늘 하루는 무척이나 바빴다. 그래도, 당장 해두어야 할 것은 다 해두었으니. 당분간 오늘처럼 바쁜 날은 거의 없을 것이다.

실컷 돌아다닌 덕에 어느새 해가 뉘엿뉘엿 저물어, 하늘이 발간 노을로 물들었다.

최근, 위지호연은 요리에 취미를 붙였다.

사실 그녀가 하고 싶어서 하는 일은 아니었다. 백소고가 요리하는 것을 보고, 자기도 해보겠다며 백소고에게 배워가고 있을 뿐이다. 눈썰미도 있고 손재주도 좋으니 솜씨는 빠르게 늘어갔다.

덕분에 백소고도 바쁘게 되었다. 그녀는 날마다 새로운 요리책을 구해다 도전했고, 위지호연에게 가르쳐야만 했다.

이성민은 꽃밭을 걸었다.

에리아에 소환되기 전, 대한민국 서울에서 살았을 적에는 언제나 돌아갈 집이 있고, 가족이 있었다. C급 용병으로 살았을 때도 돌아갈 집은 있었다. 가족은 없었다.

이번 생에도 크게 변하지는 않았다. 오히려 돌아갈 집도 없던 시절이 많았다. 아버지 같았던 존재도, 형 같던 존재도 있었지만…… 그들과 가족이 될 수는 없었다.

하지만 지금은 아니었다. 그리고, 앞으로도 아닐 것이다.

이성민이 도착하기 전에 문이 열렸다. 그 너머에 안 어울리는 앞치마를 두른 위지호연이 있었다.

그녀의 뒤에서 백소고가 이성민을 향해 웃었다.

"밥은?"

"안 먹었습니다."

"빵이다."

백소고와의 대화하는 중에, 위지호연이 툭 내뱉었다.

"아침도 빵이었잖아."

"다른 종류의 빵이니까 괜찮다."

위지호연이 대답했다.

'먹고 왔다고 할걸.'

뒤늦게 후회감이 들었다.

終

Wish Books

만 년 만에
귀환한
플레이어

나비계곡 퓨전 판타지 장편소설
WISHBOOKS FUSION FANTASY STORY

어느 날, 갑작스럽게 떨어진 지옥.
가진 것은 살고 싶다는 갈망과 포식의 권능뿐.

일천의 지옥부터 구천의 지옥까지.
수십만의 악마를 잡아먹고 일곱 대공마저 무릎 꿇었다.

"어째서 돌아가려 하십니까?"
"김치찌개가… 김치찌개가 먹고 싶다고."

먹을 것도, 즐길 것도 없다.
있는 거라고는 황량한 대지와 끔찍한 악마뿐!

"난 돌아갈 거야."

「만 년 만에 귀환한 플레이어」

Wish Books

밥만 먹고 레벨업

박민규 게임 판타지 장편소설
WISHBOOKS GAME FANTASY STORY

바사삭, 치킨, 새벽 1시에 먹는 라면!
그런데 먹기만 해도 생명이 위험하다고?

가상현실게임 아테네.
먹고 싶은 음식을 먹을 수 있는 유일한 방법!

[식신의 진가가 발동됩니다.]
[힘 1, 체력 1을 획득합니다.]

「밥만 먹고 레벨업」

"천년설삼으로 삼계탕 국물 내는 놈이 세상에 어디 있냐!"
"여기."

막장 악역이 되다

크레도 퓨전 판타지 장편소설
WISHBOOKS FUSION FANTASY STORY

자고 일어나니 소설속. 그런데……

[이진우]

재벌 3세, 안하무인, 호색남, 이상 성욕자, 변태.
가장 찌질했던 악역. 양판소에나 등장할 법한 전형적인 악인.

"잠깐, 설마…… 아니겠지."

소설대로 가면 끔찍하게 죽는다.
주인공을 방해하면 세계는 멸망한다.

막장 악역이 되다

흙수저 이진우의 티타늄수저 악역 생활!

곤륜패선

崑崙覇仙

윤신현 신무협 장편소설
WISHBOOKS ORIENTAL FANTASY STORY

선대의 안배로 인해 시공간의 진에 갇힌
곤륜의 도사 벽우진.

"……뭐야? 왜 이렇게 되어 있어?"

겨우겨우 탈출해서 나온 그의 눈에 보이는 것은!

"정말, 정말 멸문했다고? 나의 사문이? 천하의 곤륜파가?"

강자존의 세상, 강호.
무너진 곤륜을 재건하기 위해 패선이 돌아왔다!

곤륜패선(崑崙覇仙)

'이왕 할 거면 과거보다 더 나은 곤륜파를 만들어야지.'